聖域

ブラディ・ドール⑨

北方謙三

ハルキ文庫

角川春樹事務所

BLOODY DOLL

KITAKATA KENZO

聖域《せいいき》

北方謙三

聖域
BLOODY DOLL
KITAKATA KENZO

目次

1　ボーイ

店の中の空気を、天井からぶら下がった三枚羽根の扇風機《せんぷうき》がゆるやかに掻《か》き回し、煙草《たばこ》の煙やクーラーの冷気をほどよく拡散させ、私の前に置かれたコーヒーカップからたちのぼる香りだけが、夏の午後の光の中で際立っていた。

私は、開いていた歴史年表を閉じ、海の方へ眼《め》をやった。砂浜はあるが、海水浴は禁止されているらしく、歩いている人の姿が二つ三つ見えるだけだ。泳ぐには、海流が強すぎる海岸なのかもしれない。半島のむこう側には長い海岸線があり、そこには海の家が建ち並んで、砂浜も色とりどりのビーチパラソルで彩られていた。

店の中は静かで、低いジャズが流れているだけだ。私以外に、客は四人いる。四人とも、ただコーヒーを愉《たの》しんでいるように見えた。アイスコーヒーなどは、誰も飲んでいない。

コーヒーを飲み干すと、私はサングラスをはずして、ハンカチで拭《ぬぐ》った。度は入っている。夜の運転のために、グローブボックスには普通の眼鏡も入っているが、私はサングラスをかけた自分の顔の方が好きだった。

外で、底力のあるエンジン音がした。フェラーリのものだというのは、音を聞いただけでわかったが、型まではわからなかった。

ドアが開く。隙間《すきま》からちょっと覗《のぞ》くと、ボディの一部が見えた。赤いフェラーリ328。最新型というわけではない。

東京から遊びに来た車だろうと思ったが、乗ってきたのは若い男で、カウンターのスツールに腰を降ろすと、アルバイトらしいウェイトレスの女の子と喋《しゃべ》りはじめた。この街にも、フェラーリを乗り回す若者がいるらしい。

私は腰をあげ、コーヒー代を払うと、ドアを引いて強い陽《ひ》ざしの中に出た。

フェラーリ328は、私の白いカローラの隣りにうずくまっていた。やはり、地元の車だ。私はそれを横目で見ながら、カローラに乗りこんでエンジンをかけた。三万二千キロ走った、カローラ・レビン。その気になれば、フェラーリと張り合う自信もあった。サスペンションやブレーキのチューンはもとより、エンジンの圧縮比もあげてある。チューンの費用まで含めると、三百万を超える車だ。

駐車場から車を出し、私は海沿いの道を走って、街に入った。

最初に、ホテルを探した。私がやろうとしていることが、東京から日帰りで済むような、簡単なことではないのはわかっている。

街の中心にむかう途中で、『シティホテル』というのが見つかった。そこそこのホテルだ。私はそこにチェック・インし、荷物だけ放《ほう》りこむと、フロントで道を訊《き》いて、日吉《ひよし》町にむかった。田舎町だと思っていたが、意外に広い。中心街からはずれると、やがて古い街並みになり、さらに川を渡ると、新興住宅街が続いていた。そのあたりが三吉《みよし》町で、さらに奥へ入ったところが日吉町だった。もともとは、川沿いに発達した宿場町なのだろう。鉄道が通ったことによって、街の中心部が少し東へ移動し、新市街になった。さらに新市街と旧市街を囲むようにして、新興住宅街が発達したようだ。

考えることといえば、そんなことしかなかった。日吉町へ行ったところで、なんのあてがあるわけでもないのだ。

実際、私はマンションやアパートや建売住宅が並ぶ街の中を、トロトロとただ走り回っただけだった。小さな路地まで走り回ったが、大して時間はかからず、郊外の農地や、工場が建ち並んだところまで走った。工場はどれも大規模で、きちんと整備されているので、工業地帯の煤煙《ばいえん》のイメージはまったくない。敷地内に樹木が多く、公園の中の美術館の建物のように思える、精密機器の工場もあった。

夕方、私はもう一度日吉町を走り回り、それからホテルへ帰った。

シャワーを使い、最上階のレストランで食事をし、歩いてホテルを出た。

ようやく暗くなり、盛り場にはネオンが灯《とも》っている。歩く人の姿も多くなったようだ。

私は、電話帳で調べた住所を辿《たど》っていった。この盛り場の中のどこか、ということはわかっている。歩いていれば、そのうちぶつかるだろう。

品のない店だった。

入った時には、ミニスカートの女が、私の腕にしがみついていた。ミニスカートだからといって、決して若くはない。

引き摺《ず》られるようにして、私は奥の席に腰を降ろした。もうひとり、ミニスカートの女がそばへ来た。その女は若くないというより、すでに老いはじめた気配があって、それを厚い化粧で塗り隠していた。

私はビールを頼んだ。女たちもそれぞれ飲みものを欲しがったが、私はビール以外は頷《うなず》かなかった。女の数は、七、八人だろうか。早い時間のせいか、客も私以外に三組しかない。

「カクテル一杯ぐらい、いいんじゃない？」

必要以上に、腕に胸を押しつけて言う女を無視して、私は店の中の観察をはじめた。

下品だという私の最初の印象は、益々《ますます》強くなるだけだった。照明は暗く、しかし全体として赤っぽい。ほかの席の客は、女の胸に手を突っこんだり、ひどいのはスカートの中に手を入れたりもしている。壁には、飾りのつもりなのか、露骨なヌード写真がピンで留めてある。それに、耳もとで喋らなければならないほど、音楽のボリュームがあげてある。

つまり客は、ホステスと顔を寄せ合わなければ、話もできないということだ。

バーテンがひとりと、ボーイがひとり。ボーイは若かったが、私が捜している相手ではなかった。私は、チビチビとビールを飲みながら、待つような気分でいた。ボーイがひとりきりということは、多分ないだろう。

最初に私にしがみついた女は、しつこかった。カクテルを飲ませろと言うのだ。それ以外のことはまったく喋らないので、私は耳がないふりをしていた。もうひとりの、歳《とし》を食った女は大人しい。

新しい客が三人入ってきた。カクテルと言い続けていた女は、立っていった。

「ボーイさんは、ひとりだけかい?」

歳を食った女に、私は言った。

「もうひとりいますけど、どうして?」

「ひとりじゃ、大変だろうと思ってさ」

「もうひとりは、外でお客さんを誘ってくるんですよ」

「なるほど」

私は、店に入ってはじめて煙草をくわえた。女が、マッチの火を出してくる。

「高いのかい、この店?」

「怕《こわ》がるほどじゃない、と思いますよ」

言って女は笑い、汚れた歯を剝《む》き出しにした。

「触っても触らなくても、値段は同じなんですよ。ドリンクは別だけど」

気はいい女のようだ。客がつきもしないのだろう。声の感じでは、四十を超えている。

「飲めよ、なにか」

「いいんですか？」

「怕がるほど、高くはないんだろう」

女がまた笑い、マッチの火を頭上にあげた。ボーイが近づいてくる。こんな店が、いまだにあるのか。東京では、カフェバーなどが流行している。

女が頼んだのは、ただのマティニーだった。それをちょっと翳《かざ》し、女は口をつけた。

「それで？」

「なんだい？」

「訊きたいことがあるから、一杯奢《おご》ってくれたんでしょう？」

私はちょっと笑った。やはり、気はいい女だ。自分が、ほかの女たちよりも歳で、見てくれもよくないことを知っている。

「それじゃ、まあ、この店の経営者がどんな人物なのか、教えてくれ」

軽い意味だった。こんな趣味の悪い店を、どんな人間がやっているのか、と訊いたつもりだった。しかし女は、しばらく考えこんでいた。マティニーを飲み干す。

「もう一杯、いい？」

「ああ」

「美竜会《みりゆうかい》よ」

二杯目のマティニーをしっかり頼んでから、女は耳もとで囁《ささや》いた。

「訊くんじゃなかった」

「どうして？」

「怕くなった。それ、なんとか組とかいう、要するに暴力団だろう？」

「ちゃんとした商売をしてるわよ、心配しなくても。それでも、触んなきゃちょっと高いと思うかもね。美竜会が経営してるって、あたしが言ったことにはしないでね。美竜会の経営だってわかっただけで、お客さんは来なくなっちゃうんだから」

「わかった」

「それから？」

「もういいよ。これ以上、怕いことを知りたくはない」

二本目のビールを半分ほど飲んだころ、三人の客を連れて男が入ってきた。ボーイのベストを着ているが、吉山《よしやま》だった。髪型は大きく変っている。いわゆる、パンチパーマというやつだ。

外から客を引っ張ってくる仕事を終えたらしい吉山は、席に呼ばれては註文《ちゆうもん》を運びはじめた。私のことには、気づいていないようだ。

私は二本目のビールを飲み干し、三本目を頼んだ。

「調子が出てきたみたいね」

女が言った。

註文を取りに来た時は気づかず、ビールを運んできた時に、吉山は私に気づいた。ちょっと目を見開き、それからそっぽをむくと立ち去っていった。

客が少なくなり、テーブルの上も片付いた時を見計らって、私は腰をあげた。さりげなく、吉山と視線を交わす。ドアの外に出ると、十メートルほど歩いたところで、私は煙草を喫《す》いながら待っていた。

吉山が出てきたのは、五分ほど待った時だった。私と肩を並べ、歩きはじめる。

「いいのか、店は？」

「客を引っ張ってくるって言って、出たんだよ。客を連れて帰らなきゃなんねえんだ」

「そいつは大変だ。そばまで連れてきても、店を見て逃げ出すやつが多いだろうからな」

「なんだよ。なにを言いに来たんだよ。俺がこんなとこで、ボーイやってんのがおかしいのかよ。それを笑いに来たのかよ」

「高岸《たかぎし》がどこだか、おまえなら知ってると思ってね」

「高岸？　どうかしたのかよ？」

「とぼけるのは、いつも下手だな、吉山」

店から、すでに百メートルほど歩いていた。吉山は、客を物色するでもなく、ただ歩いている。私も、歩き続けた。

「高岸と会って、話をしたい」

「勝手にやりゃいいじゃねえかよ。いいか、俺があの店にいるのはな、ただボーイやってるだけじゃねえんだ。その気になりゃ、あんたを街から叩《たた》き出すぐらい、片手でできちまうんだぜ」

「やってみろ。ただし、暴力は駄目だ。俺はそんなのには弱い」

「最後は、その暴力ってやつで片が付くのよ。高岸がどうしたか知らねえが、二度と俺の前に現われるな。いいな」

「高岸は、おまえのようなクズとは違うんだ。連れて帰りたいと思ってる」

吉山が、足を止めかかった。半年前ならば、簡単に私の挑発に乗っていただろう。

「とにかくよ、あんたをぶん殴って、警察《サツ》が出てきても面倒だしよ。帰んなよ。その方がいいぜ」

吉山は、私の肩を軽く叩いた。走り去ろうとする吉山の腕を、私は摑《つか》んだ。かすかに汗ばんだ、思ったより細い腕だ。

「店、何時から出てる？」

「なんで？」

「どんなふうに働いてるのかと思ってな」

「六時から十二時までさ。欠勤はしねえよ。俺にゃ、ボーイ以外の仕事があるんだ。つまり、あの店でなにかありゃ、俺が収めなきゃならねえのさ」

「わかった。明日、六時に会おう」

「なんだって」

「お前の出勤時間に、俺も来ると言ってるのさ。余計なことをしたら、店で働けなくしてやるぞ。おまえはまだ、十七だからな」

「汚ねえこと言うじゃねえか」

険しい気配が、私の全身を打ってきた。

「根較《こんくら》べってやつだな、まあ」

私は、はぐらかすように吉山の肩を軽く叩き、踵《きびす》を返した。

2　フレンチ・トースト

ホテルに戻った。

やることがなにも思いつかなかったので、私はバッグの中から本を引っ張りだし、ベッドに寝そべってそれを拡《ひろ》げた。新しく出版された、近世文学の解説書である。十五、六頁《ページ》ほど活字を追うと、眠くなった。

眼醒《めざ》めたのは、朝の六時だった。

私は熱いシャワーを浴び、Tシャツにジーンズという恰好《かっこう》で外に出ると、駐車場の車のエンジンをかけた。

海沿いの道は、まだ車が少なかった。二速と三速を使い分けながら、曲がりくねった道を走らせる。これを毎日やってやると、車の機嫌はとてもよかった。私の、朝の日課だと言ってもいいぐらいだ。

もっとも、都内ではこれほどのびのびと走ることはできない。

前方に、黒いポルシェ911ターボがいた。地元のナンバーだ。フェラーリといい、まったく私の給料では手が届かないような車が、田舎町によく走っているものだ。

ポルシェの後ろに、ぴったりとついた。別に急いでいるようではない。運転はうまいようだ。私は、後ろからちょっと煽《あお》った。煽っても、踏みこまないようなら、見通しのいいところで抜こうと思った。

ポルシェが、急加速で突っ走りはじめた。私は、二速に落として全開にし、追った。馬力の差は出る。しかし、こんな道の勝負はコーナーだ。三速全開で、コーナーの入口まで突っこみ、フルブレーキで二速に落とす。コーナーの立ちあがりは、それでかなり違ってくる。ポルシェとの距離が縮まった。さらに踏みこむ。ポルシェより、呼吸ひとつ遅らせて、ブレーキングに入る。シフトダウン。全開。外に流れかかるテイルを、カウンターを当てて押さえこんだ。

カローラ・レビンがぴったりとついてきて、ポルシェを運転している男はびっくりしているだろう。とにかく、ブレーキがいい。私はこの特殊なブレーキパッドを付けるために、十キロほど、煙を出しながら走ったのだ。一度熱でぐにゃぐにゃにしないと、かえって効きの悪いパッドなのだった。馴《な》らすと、レース仕様のパッド並みに効きがよくなる。

コーナー。ポルシェよりも遅いブレーキ。シフトダウン。次のコーナーまで、テイル・トゥ・ノーズで走った。幸運なことに、対向車はいない。

ポルシェ。ブレーキングのタイミングが、いかにも遅かった。外へ流れるだろう。インを衝《つ》ける、と私は思った。しかし、後輪を滑らせて方向を変えたかと思うと、私にインを衝く隙を与えず、猛然と走り去った。

次のコーナーでは、ポルシェはドリフトで完全に車を横にした。そのまま走り去る。すでに、五十メートル以上の差がついていた。

「馬力が違うんだ」

私は、車に言い聞かせた。自分に言い聞かせたのかもしれない。

スピードを落とし、窓ガラスを降ろして風を入れた。潮の匂《にお》いのする風だった。ようやく、景色を見る余裕も出てきた。右は海で、左は丘陵だった。海は、まだ朝の斜めからの光線で、金色に輝いている。

しばらく走ると、廃屋らしい建物が見えてきた。以前は、ヨットハーバーかなにかだったらしい。建物の前に、黒いポルシェがうずくまっているのが見えた。

思わず、私は右にハンドルを切り、ポルシェの隣りに車を滑りこませた。

岸壁に、男がひとり立っている。私の方には、ちょっと眼をくれただけで、じっと海面を見つめていた。私は車を降り、その男のそばに立って煙草をくわえた。路上でちょっとばかり競《せ》ったからといって、別になにか含むところがあったわけではない。むしろ、あんな走り方をする男に、かすかな親しみさえ感じていた。

「ここには、ヨットハーバーがあってね」

男が言った。

「面白い爺《じい》さんがひとりいた。俺の船を、最初に繋《つな》いだのも、ここだった。爺さんは、もういないがね」

「ヨットハーバーでも、潰《つぶ》れることがあるんですか。場所がなくて、違法繋留《けいりゅう》の船が問題になってるってのに」

「場所が悪いのさ。ハーバーを出たところに、暗礁《あんしょう》がある。それをかわすのが、結構大変でね。よく、擱座《かくざ》させちまうやつがいたもんだ。潮流を読まないと、思った以上に横に流される。それでも、爺さんはここが好きだった。俺も好きだがね」

男は、四十をいくつか超えているように見えた。大柄で、躰《からだ》はひきしまっている。白いシャツに白いズボンに、素足にデッキシューズという恰好が、よく似合っていた。

「亡くなったんですか、その人」

「殺された」

どこかに出かけた、とでもいうような口調だった。

それきり、男は喋ろうとせず、私は一本目の煙草を喫《す》うと二本目に火をつけた。陽《ひ》がいくらか高くなり、海は蒼《あお》さを取り戻している。波は静かだった。空にはほとんど雲がなく、暑い日になりそうだと私は思った。

この男も、私と同じように、車を朝の散歩に連れ出したのかもしれない。喋り方は暗くないのに、海を見つめている姿は、言い様もなく暗かった。

朝っぱらから、ポルシェを吼《ほ》えさせている男の職業に、私は束《つか》の間《ま》関心を持った。

「完全に、ポルシェを乗りこなしてますね。後ろを走ってて感心しました」

「君のカローラ・レビンは、かなりチューンしてあるな。特に、ブレーキのチューンがいい。エンジンや足回りのチューンはしても、ブレーキまではやろうと思わないもんだ」

前を走りながら、この男は私のブレーキのタイミングまで見ていたのだろうか。

「速く走るためには、強力なブレーキが必要だ。君を見ていて、それがよくわかった」

「正直なところ、負けるとは思っていませんでした。真夜中の首都高や、夜明けの峠道《とうげみち》で、何度も同じ車をぶっちぎったことがありましてね。第三京浜みたいに、コーナーの少ないところじゃ駄目だけど」

「本気で走ったことは、ないだろう？」

「どういう意味です？」

「死んでもいいと思った。いや、死ぬことさえ忘れた。そんな走り方をしたことはないだろうってことさ」

「限界まで、走ってるつもりですが」

「車と技術の限界までだな」

「技術は、かなりのものを身につけた、と思ってるんですが。上には上がいる、というのはよくわかりましたが」

「技術は、ただの技術さ」

私を見て、男が笑った。海を見つめていた時の、暗さはない。むしろ、私の気持を引きこんでしまうほど、鮮やかに明るかった。

男は、片手をちょっとあげると、ポルシェにむかって歩いていった。私は、しばらく男が見つめていた海を見ていた。変哲もない海だった。

ポルシェのエンジン音が遠ざかっていく。板が打ちつけられている建物の入口をちょっと覗きこみ、私は車に戻った。

朝食の予定を変えた。海沿いの道に、来る時は気づかなかった、リゾートふうのホテルがあったのだ。むかいはヨットハーバーで、かなりの数の船が並んでいた。そのあたり一帯だけに、洒落《しゃれ》た雰囲気が漂っている。

朝食も洒落ているのかどうか、確かめようという気になった。ホテル『キーラーゴ』。名前は、洒落ているのか気障《きざ》なのかわからない。

一階の、ヨットハーバーと海を見渡せるところが、メインレストランのようだった。席についてから、私は黒いポルシェの男が朝食をとっていることに気づいた。一緒に、というのは馴々《なれなれ》しすぎるだろう。ふだんの私なら、考えもしないはずだ。その男のテーブルに行きたい誘惑を抑えている自分が、私には不思議だった。

フレンチ・トーストとベーコンとサラダの朝食は、私が想像したよりもずっと出来がよかった。コーヒーの味も、悪くない。

私が食べ終る前に、男は立って出ていった。私に気づいたのかどうかは、わからない。

私はコーヒーを飲みながら、ゆっくりと煙草を喫《す》った。従業員の教育も、『シティホテル』よりよく出来ているようだ。これならば、田舎町のホテルと馬鹿にはできない。料金は『シティホテル』と大して変らないようだった。ここが安いのではなく、『シティホテル』の方が高すぎる。

駐車場の車を出すと、私はまた海沿いの道を走り、街へ戻ってきた。

しばらく、街の中を走り回った。広い道路から、少しずつ狭い道路へ入っていく。それから三吉町、日吉町を走り回り、工場が並んだ地域の裏手にある山の中を走り回り、また海沿いの道に戻ると、隣りの街まで行った。

暇を持て余して、ただ走っていたと言えば、確かにそうだ。車が好きな人間としては、知らない土地へ来ても、道はちゃんと知っていたいという思いが、いつもある。その思いを満たす時間があった、というだけのことだ。

ホテルの部屋に戻ってきた時、私はこの街の姿を、なんとなく頭に描き出すことができた。タクシーの運転手並みとは言えなくても、あまり不自由せずに走り回ることもできるだろう。

活気のある地方都市といったところで、うまいフレンチ・トーストを食わせてくれそうなところは、ほかには見つからなかった。

3　二人組

夕方、ホテルを出た。

六時前で、まだ涼しくなってはいない。ちょっと歩いただけで、汗が噴き出してきた。

盛り場も、高が知れたものだ。

そこを歩きはじめてすぐに、二人の男に挟みこまれた。

「なんです、あなた方は？」

二人とも無言で、ひとりは私の脇腹《わきばら》に刃物のようなものを押しつけてきた。恐怖がこみあげてくる。

促されるまま、抵抗もせずに歩いていた。二人とも柄が悪く、品のないアロハ・シャツを着ていたが、それ以上のことを観察する余裕はなかった。

路地に引きこまれた。抵抗しようと思ったが、思っただけで行動には出ることができなかった。

「こいつ、ふるえてやがる」

路地の奥で、ひとりが私を突き飛ばして言った。もうひとりが、笑い声をあげる。

「金ですか?」

「金だってよ、おい。何百万積もうって気なんだろうな」

「持ち合わせは、五万ぐらいです」

「出しな」

言われると、私はすぐに財布の中身を全部男たちに差し出した。受け取った男が、無造作にズボンのポケットに押しこむ。

それで終りではなかった。私はいきなり腹に拳《こぶし》を食らい、うずくまった。そこを、容赦なく蹴《け》りつけられた。両腕で頭を庇《かば》うようにして、私は壁に背中を押しつけた。恐怖と同時に、かすかなくやしさがある。大人しく金を出したのに殴るのは、ルールに反するではないか。そういう思いがこみあげてくる。それでも、反撃などはできなかった。生まれてこの方、殴り合いなどはしたことがないのだ。

「おい、よそ者《もん》がうろつくから、こういう目に遭うんだぜ。わかってるな。早いとこ、出て行きな」

私はまだ、頭を両腕で庇っていた。二人をまともに見ることができず、ブルーと白のズボンだけが視界にあった。靴は、二人とも茶色だ。

「今度見かけたら、殺すからな」

二人が、立ち去っていく。私はようやく大きな息をついた。

立ちあがれないほど、ひどく殴られてはいなかった。鳩尾《みぞおち》のあたりに、ちょっと不快感が残っているだけだ。

私はホテルへ戻り、Tシャツだけを替えると、バッグの底からもうひとつの財布を出して、五万円だけ尻《しり》ポケットの財布に移した。

同じ道を、また歩いていく。二人を見かけたら、走って逃げようと思っていた。少なくとも、殴り合いよりも走ることの方に、私は自信を持っている。

もう、六時半を回っていた。『プリンセス』。すぐに、扉の前に到着した。一度息を吸い、私は扉を押した。

入った時に顔《ツラ》を突き合わせたのが、吉山だった。吉山は、ちょっと驚いた顔をし、私の全身を眺め回した。

「高岸がどこにいるか、教えてくれ」

私が顔を近づけると、吉山は二、三歩退《さ》がった。

「会うだけでも、会わせろよ。おまえのところへ来たってことは、わかってる」

「てめえ、どういう気で」

「おれは、高岸を連れて帰るために、この街へ来た。一応、話ぐらいはしてみないことにはな」

吉山の頰《ほお》が、ピクリと動いた。私は、吉山を圧倒しつつあるのだろうか。そんな気がする。少なくとも、吉山はすぐに私を店から叩き出そうとはしなかった。

女がそばへ来て、話は中断した。

「おひとり様、御案内」

そう言った吉山の声に、私をからかっているような響きはなかった。

一時間弱、私は店の中にいた。昨夜の女がまたそばへ付き、私はカクテルを一杯だけ奢った。勘定は、それほど大したことはないのだ。

店を出る時、吉山と擦れ違った。

「なに考えてんだ、あんた?」

「俺の考えは、言っただろう。教えてくれ。そうしたら、おまえが十七歳だということは、店にも警察にも黙っていてやる。これが交換条件だ」

「馬鹿だね、ほんとに。馬鹿としか言えねえ。くたばってから後悔したって、遅いんだぜ」

「くたばりたくはないな。ただ、高岸は連れて帰る、と決めたんだ」

「まあ、やってみな」

「明日の六時に、また来る。それがタイムリミットだ。いいな、吉山」

言い捨てて、私は外へ出た。

店を出てから、二十メートルほどしか歩かないうちに、二人組に捕まった。路地からいきなり飛びだしてきたので、走って逃げる余裕もなかった。

「馬鹿が、俺たちを怒らせやがって」

「俺たちの顔に泥を塗る度胸が、よくあったもんだぜ」

路地に引きこまれていた。間の抜けた話だが、私はこの時はじめて、二人組が吉山に頼まれて襲ってきたのだということに気づいた。街を出て行けと言われた意味も、それで理解できる。

どこから殴られるのか。チャンスがあれば逃げよう、ということだけを私は考えていた。対抗できなくても、逃げることはできるはずだ。

二人が吉山に頼まれている、と考えることで、私はなんとか気力を萎《な》えさせないでいられた。

腹に拳を食らった。予測していたので、大して効きはしなかった。左右のパンチ。両腕でこめかみを守るようにして、なんとかかわした。倒れるのは避けたかった。蹴りつけられると、殴られるよりずっと効いたし、すぐに走って逃げるわけにもいかない。

「この野郎、よけやがって」

足が飛んできた。それは当たったが、とっさに腰をひねったので、腰骨のあたりだった。尻餅《しりもち》をついたが、すぐに跳ね起きた。

背後から、抱きかかえられた。もうひとりが、にやりと笑いながら殴りかかってくる。動けないと思った瞬間に、私はいままでなんとか抗《あらが》いきれていた恐怖に襲われた。気づくと、後ろの男を振り飛ばして暴れていた。

「街からも、出て行けなくなるぞ、てめえ」

男のひとりが、ナイフを抜いた。白い刃を見た瞬間に、私はまた恐怖でわけがわからなくなった。気づいた時は、壁に背中をぶっつけていた。はじめて、腕に痺《しび》れるような痛みを感じた。左の腕を、切られたようだ。血が、指さきから滴っていく。

「刺しちまえ、こんな野郎」

ひとりが言った。汗にまみれ、肩で大きく息をしている。

ナイフを握った男の姿勢が低くなった。閉じそうになる眼を、私は必死で見開いていた。ナイフを握った男が、低い姿勢のまま這《は》いつくばるように倒れた。別の男。そう思った時、ふり返ったもうひとりの男の躰は宙に浮いていた。

きちんと、タキシードを着た男が立っている。汗ひとつかいていない。暑くないのだろうか。そう考えた時、私は壁に背中をこすりつけるようにして、腰を落としていた。

「立ちなよ。こいつらが眼を醒《さま》すと、また厄介になる」

男は、私の腕の傷を覗きこんでいた。

「出血を止めなきゃならないな」

いくつぐらいなのだろうか。薄闇《うすやみ》の中で、はっきりはわからなかった。わかったのは、この男に助けられたということだけだ。

「病院に行った方がいいな。歩けないんなら、救急車を呼んでもいいが」

「よしてくれ」

「ほう、なぜ？」

「こんな傷なら、警察に通報されるだろう。いろいろ事情聴取も受けなきゃならない」

「つまり、警察に知られたくないわけだ」

「この二人は、突き出してやりたいぐらいだね。一時間か二時間前にも、この二人は俺を殴った」

「しかし、警察には知られたくないってわけか」

「変に思うかもしれないが、俺にやましいところはないよ。ただ、警察に通報すると困る人間がいる。だから、通報すべきじゃないんだ」

「しかし、その傷は縫った方がいい」

「なんとか、ならないだろうか。助けついでに、悪いが薬屋で薬と繃帯《ほうたい》を買ってきてくれないか。礼はさせて貰《もら》う」

「自分で、治療しようってのかい？」

「血が止まれば、いいんだろう？」

「つまり、傷に対して、大して詳しくもない。勿論《もちろん》、医学知識もないんだね？」

「怪我《けが》だ、ということぐらいわかるさ」

男が、肩を竦《すく》めた。タキシードのうえに、白い手袋までしていることに、私ははじめて気づいた。結婚式を放り出して、盛り場に逃げてきた男。一瞬、そんな滑稽《こっけい》な想像までした。

「とにかく、立てよ。立てもしないんじゃ、救急車を呼ぶしかない」

私は、なんとか立ちあがった。左腕を使おうとすると、激しい痛みが走る。

路地を出る前に、男は私の傷にハンカチを当てた。白い手袋で、腕を汚した血もきれいに拭い取る。男の左手は義手だった。

「血が目立たない間に、急いで歩いてくれ」

男は言うと、左手をタキシードのポケットに入れて、早足で盛り場を歩いた。途中から路地に入る。そこを抜けると裏通りで、私は黒いスカイラインに乗せられた。

「病院に連れていくよ。心配するな。警察に通報することなんて、考えてもいない医者さ。腕は確かだ」

「わかった。恩に着るよ」

大した距離は走らなかった。男は、どうも金属製らしい重そうな左手で、器用にハンドルを操った。

裏通りにある、小さなビルだった。デパートの裏側になる。『シティホテル』からも、大して離れていない。

階段を昇っていく時、私は軽いめまいに襲われた。傷に当てたハンカチには、搾《しぼ》れるほどに血がしみ、手首の方まで垂れ落ちてきている。

「あと五段」

階段の上から、男が声をかけた。またまめまいに襲われた。それを振り払うように、私は足を動かした。

4　借り

しばらく、ベッドに横たわっていた。

私の右手に点滴の針を突き刺したまま、医者はどこかへ行ってしまったのだ。義手の男は、私を医者に渡した時に、いなくなっていた。

荒っぽい治療だった。破れた服でも縫うように、いきなり傷口を縫ったのだ。麻酔もかけなかったが、痛いと言う暇がなかった。それから血圧を測ると、黙って右腕に点滴の針を刺した。

身動きしようがなかった。点滴の針を引き抜こうとも思ったが、冷や汗が出るような気持の悪さが次第に収まり、それはどうやら点滴のせいらしいと気づいた。

煙草が喫《す》いたくなった。気持が悪かった時は、煙草など喫おうという気も起きなかったから、やはり点滴の効果は出ているのだろう。

足音が聞え、医者が入ってきた。

「どうも」

とりあえず、私は言った。医者は表情も変えず、点滴にちょっと眼をやっただけだ。白衣さえも着ていない。気配から察すると、ベッド以外に病院らしいものはほとんど置かれていないここが診療室で、住いは同じビルの中にあるらしい。

「警察に知られたくないって？」

煙草をくわえながら、医者が言った。

「知らせるんですか？」

「被害者だろう、おまえさんは」

視界が、ちょっとおかしい感じがした。眼鏡をなくしている。なくても、大した不自由はないが、なんとなく落ち着かない気持になった。

「眼鏡なんて、はじめからしてなかったぜ」

私の仕草で気づいたのか、医者が言った。

「まあ、サングラスがあるし、いいかな」

煙草の煙が、私の方へ流れてきた。点滴はまだ少し残っていて、見当ではあと十分か十五分はかかりそうだ。

「煙草、いいですか?」

「いいとも」

気軽に言って、医者は私の腹の上に灰皿を載せた。ジーンズのポケットに煙草は入っているが、とれそうもなかった。

「一本、貰えますか?」

気づいたように、医者は胸のポケットから一本出して差し出した。

「左手を使え、左手を」

医者が言う。点滴に痛み止めが入っているのか、動かしてもそれほど痛くはない。左手でくわえると、医者は火をつけてくれた。

「警察に、通報はしませんよね。そういう医者だって、タキシードを着た人が言ってました」

カルテを作る気配もない。私がちゃんと対応すれば、警察に通報という気は起こさない、という気がした。

「誰かを、庇ってるんだってな」

「昔、生徒だった者を」

「ほう、学校の先生ってわけだ。不良生徒に恨まれて、襲われたのか」

「本人が襲ってきたわけじゃありませんが、事情聴取じゃ名前を言うしかないでしょう」

「チンピラに襲われた。そうしておけばいいじゃないか。見ず知らずのチンピラに、わけもなく襲われたってな。下村《しもむら》の話じゃ、二人は美竜会のチンピラだそうだし」

タキシードの男は、下村という名前らしい。背後からだったとはいえ、二人の男をほんの二秒か三秒で気絶させた。

「まあ、警察へ行くかどうかは、おまえさんの勝手さ。出血がかなり多かった。そういう点で、現場で事件扱いになる可能性もある。それについちゃ、俺は知らんよ」

二人が、警察に捕まる可能性も少ない。私さえ、口を噤《つぐ》んでいればいいのだ。

私は、灰を灰皿に落とした。気持が悪かったのは、やはり出血のためだったのか。

「血は止まっているんでしょう、もう？」

「当たり前だ」

「ずいぶんと乱暴な縫い方でしたよ、麻酔もかけずに」

「その程度でいい、と判断した。なにか文句でもあるのか？」

いい腕なのだろう。縫い方の手際を見ればそれは見当がつく。しかし、どこか崩れていた。やくざ者の崩れ方などとはまるで違う、心の内側から崩れたとでもいうような、自分を投げ出した感じなのだ。

「ここで開業して、長いんですか？」

「病院にも勤めてる。ちゃんとした病院さ。ちゃんとしすぎていて、普通とは違うと思われちまうほどね」

私は、灰皿で煙草を消した。

「いくらぐらい、お払いすればいいんです？」

「いくらなら払える？」

「金がない、と言ったら？」

「仕方ないさ。病院の便所掃除でもしてくれ。金が欲しくて、治療したんじゃない。下村が連れてきたから、診ただけの話だ」

「片手のない人ですね」

「あの手も、俺が切り落とした。覚悟の決め方は、なかなかのもんだったよ」

医者は、肘《ひじ》かけこそ付いているがいまにも布が破れてスプリングが飛び出しそうな、古い椅子《いす》に腰を降ろし、サンダルを履いた足をベッドの端に載せていた。

「ここで暮してるんですか。余計な質問かもしれないけど」

「部屋はあったよ。女と一緒に暮してた。追い出されて、ここにいるってとこかな。三階は住居用に作られていてな。そこが空くまでは、いま君がいるベッドで寝てた」

医者が、ちょっと笑った。

「西尾《にしお》といいます」

「桜内《さくらうち》だ。偽医者と呼んでくれ」

「もっか、手持ちは五万というところです。ホテルへ戻れば、まだありますが」

「きちんと縫えているかどうか、はっきりしてから払った方がいいぜ」

「下村さんという方は？」

「知り合いってわけでもないんだな。『ブラディ・ドール』のマネージャーさ。あの男が、行きずりの怪我人を運んでくるなんて、めずらしい」

「助けて貰いました。でなけりゃ、刺されるところでした」

点滴の瓶が空になった。桜内は、無造作に針を引き抜き、もう帰ってもいい、と言った。上体を起こしても、めまいはしなかった。出血は完全に止まっているようだ。

「支払いは？」

「勝手に置いていけよ。実費は、二千円ってとこかな」

私は、財布に一万円だけ残して、四万円払った。口止め料も払うべきだろう、と考えたのだ。桜内は、いくらか確かめもせずに、金をポケットに突っこんだ。

「その『ブラディ・ドール』とかいう店は、何時までやっていますか？」

まだ十一時を回ったところだった。

「十二時ごろまで、下村はいるだろう。もっとも、君の顔を忘れてるかもしれんが」

私は頷き、ベッドから立ちあがった。やはりめまいなど起きる気配もない。

「もうひとつ、いいですか。この街で、人を捜すのに有効な方法ってありますか？」

「地べたを、這い回ることだな。興信所がひとつあるが、浮気の調査が専門らしい」

私は頷き、ちょっと頭を下げてドアの外に出た。Tシャツが血で汚れている。血だと、それを流した私にはわかるが、ちょっと黒っぽくなっていて、血ではない汚れのようにも見えた。

桜内のところから十分ほど歩いたところが、『シティホテル』だった。

私は部屋へ戻ると、左腕の繃帯を隠すために長袖《ながそで》のシャツを着こみ、度つきのサングラスをかけ、バッグの底の財布からさらに五万、尻ポケットの財布に移すと、ホテルを出た。

タクシーの運転手が、『ブラディ・ドール』を知っていた。メーターが一度あがっただけの距離だ。

なんでもない見かけの店だったが、中に入ると凝った雰囲気だった。ジャズのピアノが入っていて、アップライトのそのピアノまで、凝ったものであることが、私にはわかった。女たちも、美人ばかりとはいえないが、上品さを失わないように努めているようだ。

「これは、いらっしゃいませ。お怪我の方は、もうよろしいんでしょうか」

タキシードの男。物腰がやわらかで、いかにもクラブのマネージャーという感じだった。ほんの二秒か三秒で二人の男を気絶させた、とはとても思えない。

「お礼に来たんですよ。客というわけではありません。アルコールはやめておいた方がいいだろうし」

「そうですか」

「どういうお礼をすればいいのか、迷っているんですが」

「お気になさることはありません。たまたま、通りかかったというだけのことですから」

「下村さん、ですよね」

「ホテルで、お休みになられた方がよろしいと思いますが」

頷いて、下村が言った。馬鹿丁寧な口調を、店の中では変える気がないらしい。

「よう、走り屋」

入ってきた男が、私の顔を見て言った。今朝の、黒いポルシェ９１１ターボの男だ。

「社長の知り合いですか」

「まあな」

社長という呼び方が、客に対するお世辞のようなものとは思えなかった。下村は、そんな言葉を遣う男ではなさそうだ。それなら、この店の社長ということか。

「入口に突っ立ってないで、一杯やらんか」

私は、男に連れられるようにして、奥のカウンターへ行った。店は四角く、そのひとつの隅にステージがあって、ほんとうはどこが奥なのかよくわからない。

腰を降ろしても、カウンターの中のバーテンは、男には挨拶《あいさつ》しなかった。それでも、素早く、シェイクした飲物を出した。

「こちらはちょっと怪我をされていて、ドクの手術を受けられたばかりです。アルコールはまずいと思いますが」

下村が、男の背後に立って言った。両手の手袋が、真新しくなっている。

「ほう、あの車を潰しちまったか」

「交通事故じゃなく、刃物の怪我でしてね。まったく、物騒な街です」

「美竜会のチンピラが二人です」

下村が言い添えた。

「同情するよ」

男が、私の顔を見て笑った。

「あいつのことだ。麻酔なしで手術をしたろう。しかし、刃物をふり回すタイプには見えなかったがな」

「連中が、一方的に襲ったという感じでした」

下村は、まだ男の背後に立っている。

「助けて貰いましてね、下村さんに。それでお礼に来たというわけです。俺は臆病《おくびょう》すぎて、ああいうことはまるで駄目なんです。助けて貰わなかったら、刺されていただろうと思いますよ」

「無意識に、急所を護《まも》っておられましたよ。刃物を出さざるを得ないほど、相手をタジタジとさせておられました」

ほとんど、自分がなにをやったかは憶《おぼ》えていなかった。夢中だったのだろう。

「臆病なやつってのは、そんなふうに、無意識に自分を護る。度胸自慢のやつより、ずっと反射神経がすぐれていたりするもんさ。車の運転を見ていて、それはわかったね」

バーテンが、私の前にジュースを置いた。

店の隅では、ピアノが続いている。悪いピアノではない、と私には思えた。客はまだ十四、五人残っていて、女たちも二十人ほどいるようだが、酔って騒ぐという雰囲気はなかった。どこまでも、上品な店であるらしい。

「この街にも、こんな店があるんですね」

「ほう、ほかにどこへ行った？」

「すぐ近くの、『プリンセス』という店に、昨夜と今夜の二回」

「それで、美竜会のチンピラにやられただと。店でトラブルを起こしたわけでもないんだろう？」

「店とは、なにも」

「個人的なトラブルはあった、という意味に聞えるな」

「むこうが、そうとらえたかもしれません。実は今夜、襲われたのは二回でしてね。『プリンセス』へ行く前と後に、同じ二人組に襲われました。はじめは、物騒な街だと思っただけです。鈍いのかな、俺は」

「なるほどね。まあ、屍《し》体《たい》が転がっているってことにならなくてよかった」

いつの間にか、男はカクテルを飲み干していた。私は煙草に火をつけた。

「西尾といいます。高校教師で、東京から来ました」

「川中《かわなか》だ」

男が、はじめて名乗った。それから、下村の方へふりむいた。

「美竜会で、なにか動きがあるのか？」

「なにも」

「じゃ、かなり個人的なことだったわけだ。西尾が警察に行きたくないってことは、どうも東京から持ちこまれた問題だな、これは」

　はじめから呼び捨てだった。それでもいやな気はしない。

　それ以上、川中は話題を続けようとしなかった。ピアニストが、演奏をやめてカウンターへ来たからだ。それをしおに、四、五人の客も立ちあがった。下村はそっちへ行った。

「このところ、乗ってますね、先生」

　先生という言葉で、自分が呼ばれたのかと私は思った。ピアニストのことだった。初老の、着ているジャケットだけが派手な男だ。

「乗ってるってわけじゃないが」

「ピアノが喜んでますよ。俺にはよくわかるな」

　川中は、ピアニストにソルティ・ドッグを一杯勧めた。若いバーテンが、鮮やかな手並みで作った。低いBGMが流れている。私は、オレンジジュースをちょっと口に入れた。それほどのどの渇きが強くないのも、やはり点滴のせいなのか。

「どういうお礼を、すればいいでしょうか、下村さんに」

　話が途切れたところを見計らって、私は川中に言った。

「ありがとう、と言えばいいさ。それ以上の礼は、受け取らんよ」

「そうですか」

「借りは、嫌いかね」

「まあ、それでも借りだらけだって気はしますがね」

「そんなもんさ。いつかは忘れちまう、小さな借りのひとつにすぎない」

川中はそう言い、私の肩を軽く叩いて腰をあげた。

5 豚の足

店の裏で待っていた。

私が車に乗せられたのは、そこからだった。何事もなかったように、黒いスカイラインは同じ場所にうずくまっている。

夜中の一時近くに、『ブラディ・ドール』の裏口から、男が二人出てきた。ひとりは下村で、もうひとりはバーテンだ。

「どうしたんだい、先生?」

下村の口調は、店の中のものではなかった。私はくわえていた煙草を捨て、ちょっと片手をあげた。

「これから飲めるところがあれば、案内して貰えないかと思ってね。できれば、クレジットカードで支払えるところがいい」

「ないね」

「一杯奢ったぐらいで、借りを返したとは思わないよ。この街に、知り合いはまったくいなくてね。誰かと飲みたい気分なんだ。つまり、ひとりでいたくない」

下村が、ちょっと肩を竦めた。

「アルコールは傷によくない。ホテルへ帰って寝ちまった方がいいんじゃないかな」

「流した血の分だけ、水分をとりたくてね」

私は、酒が飲みたいわけではなく、ひとりでいるのがいやなわけでもなかった。なんとなく胸騒ぎがする。それを、誰かに訴えたくなっているだけだ。

「迷惑かもしれない、とは思っている。だけど、あえてここで待つことにした」

「強引だね、先生。まあいいか、そんなに飲みたいんなら、どこかへ行こうか」

「よせよ」

黙っていたバーテンが止めた。

「厄介事《やっかいごと》を抱えてしまいそうな気がするな。社長にどやされるぞ」

「社長と知り合いらしいんだな、先生は。どういう知り合いかは知らないが、社長は少なくとも嫌っちゃいなかった」

「それは、俺も感じた。だから、社長を誘えばよかったのさ」

「とりつく島がなかった」

私が言うと、二人は声をあげて笑った。

「社長も、最近はトラブルに対していささか慎重に構えるようになった。社長が抱えたトラブルならいいが、俺たちが社長のところへトラブルを持ちこむことになりかねない。それは避けた方がいいだろう」

若いバーテンの顔を見て、私は不意に思い出した。店では、まともに顔を見ていなかった。いま話していても、意外なとり合わせだったので、すぐには浮かんでこなかったのだ。

「君のフェラーリ328と、海岸沿いの道でバトルをやるというのもいい」

「俺のフェラーリだって？」

「きのう、『レナ』というコーヒー屋で見かけたよ。俺は、この街へ来る途中だった」

「ふうん。あれは俺のフェラーリじゃないんだが、それはまあいい。あんたが乗ってる車は？」

「カローラ・レビン」

バーテンが、下村と顔を見合わせた。笑うと思ったが、笑いはしなかった。

「つまり、自信がある」

「チューンはしてあるよ。エンジンとサスとブレーキ。今朝、おたくの社長とバトルをやった。負けたがね」

「ポルシェといい勝負をしたんだ。社長が走り屋なんて呼んでたもんな」

下村が、ちょっと笑ったようだった。

「思い切ったドリフトをやるね、おたくの社長は」

バーテンは、しばらく私の顔を見つめていた。どこか挑むような、同時に諦《あきら》めたような眼《まな》ざしでもあった。

バーテンが、スカイラインのドアを開けた。ルームランプが、かすかにバーテンの顔を照らし出した。

「行こうぜ、先生」

「よせよ、坂井《さかい》。厄介事を抱えるなと言ったのは、おまえだぞ」

「はじめに言い出したのは、おまえだ」

ドアが開けられたままだったので、私は構わず乗りこんだ。二人も乗りこんでくる。運転は、坂井と呼ばれたバーテンの方がやるようだ。

「俺の車は、『シティホテル』の駐車場だよ」

「バトルをやるんじゃない。飲みに行こうってのさ。その左手でシフトできるのかよ」

車が走りはじめる。シフトを見ただけで、坂井がかなりうまいことはわかった。

「社長にドリフトをさせられるのは、俺だけかと思ってたよ。それも、あのポルシェをフェラーリで追いかけた時だよ」

「俺のカローラ・レビンは、レース仕様に近いと言ってもいい」

「排気量が違いすぎる」

「だから、直線では離された」

街の灯が、後方に飛び去っていく。下村が、手袋をした義手で、窓のガラスを軽く叩いた。それから、肩が凝った老人のような仕草で、首を何度か動かした。

車が停《とま》ったのは、港の近くの、赤提灯《あかちょうちん》が出た店だった。

「クレジットカードは使えないが、千円札三枚でかなり飲める」

私は頷き、二人のあとに続いて店に入った。酔った客が三人いた。私たちは、カウンターの端を三人分占領した。カウンターには、あとひとり分の余裕があるだけだ。

「酒。それから、豚の足」

下村が註文した。

「三人分で、金はこの先生が払う」

私は、財布から出した一万円札をカウンターに置いた。

「豚の足のほかに、腹の足しになるようなものもくれ」

親父《おやじ》がひとりだけだった。笑いもせず、頷いた。

「教え子にやられたわけじゃないよな、先生？」

「教え子だったら、喧嘩《けんか》のやり方も教えてやったところだよ」

「あんたが、あんなことに馴れていないのは、見ててよくわかった」

「君の左手はすごいな。ひどく重たそうだけど」

「俺の気持ほど、重たくはない」

「こんな気障野郎でね。鼻持ちならなくて、時々蹴っ飛ばしたくなる」

コップ酒が出てきた。別に、コップの縁を触れ合わせたりはしなかった。それぞれが、勝手に口に運んだだけだ。

「あんたの教え子は、『プリンセス』のボーイだな」

「教え子の友だちさ、そいつは。俺の教え子は、そいつを頼って家出したんだ」

「家出少年を、連れ戻しに来たってのが、あんたの役回りか」

訊いてくるのは下村だけで、坂井はそのことには大して関心がなさそうだった。

「なにがなんでも、連れて帰ろうとして、そいつが邪魔をした。そんなことなのか?」

「まあ、そうだ。俺は、教え子に会ってはいない。居所を訊き出そうとして『プリンセス』へ行ったんだよ」

「なんとなく、わかってきたが」

「この街でどうやって人を捜せばいいか訊いたら、地べたを這い回れと言ったよ、あの医者の先生は」

「ドクなら、そうだろうな」

「腕はいいんだろうが、女に住んでたマンションを追い出された、と言ってたよ」

「そうじゃない」

豚の足に食らいついていた坂井が、小さな声で口を挟んだ。

「好き合ってるのが、お互いに耐えられない。そんな男と女ってのは、いるもんだろう」

「好き合ってるのに、追い出されたのか？」

「説明しても仕方ないか」

坂井は、また豚足に食らいついた。私は、夕食をとっていなかった。あまり腹が減ったとは感じなかったのだ。坂井の食い方を見て、私は豚足に手をのばした。

「坂井、賭《か》けようじゃないか。この先生が、教え子を連れて帰れるかどうか」

「無理だって方に、俺は賭ける」

「じゃ、俺は連れて帰るって方か。どう考えても、俺の方が不利だな」

二人に、無理だと言われているようなものだった。親父が、皿に盛ったおでんを私の前に置いた。私はそれに眼をくれただけで、骨だけになった豚の足をしゃぶり続けた。

「連れて帰る、多少の手助けを、おまえがすることを認める。それでどうだ？」

「どの程度の？」

「片手の分だな。お似合いだ」

「乗った。それで、なにを賭ける？」

「一日だけ、カウンターの中を譲る」

「三日だな」

なかった。

「二日」

「いいだろう」

カウンターの中に立つことが、二人にとってどれほどの価値があるのか、私にはわから
「助けて貰ったのに、さらに助けて貰うってわけにはいかないな」

「助けるわけじゃないさ。俺と坂井の賭けってだけのことさ」

「社長には言うなよ。面白がって首を突っこんでくるかもしれないからな」

下村がコップ酒を飲み干した。坂井はあまり飲もうとはしない。私は、口の中の骨を吐き出し、湯気をあげているおでんに箸《はし》をつけた。大根、卵、こんにゃく。食欲がなくても、食えば食えるものだ。

左腕が痛みはじめていた。コップ半分の酒が、あっという間に効きはじめたのか。それとも、点滴の中の鎮痛剤が切れはじめたのか。

坂井が、船の話をしていた。川中が、かなり高性能のクルーザーを所有しているらしい。

私はおでんを平らげると、カウンターの中の親父に皿を返した。

「どうした、先生?」

「いやな感じがするんだ。胸騒ぎと言ってもいい。なぜ、吉山が俺を高岸に会わせようとしないのか。居所を教えないだけじゃなく、俺を街から追い出そうとした」

「吉山というのが『プリンセス』のボーイで、高岸というのがあんたの教え子ってわけだ」

「二人は、同級生だった。吉山は、去年の終りに退学処分になってね」

「なにをやった？」

「よその女子校の生徒を輪姦《りんかん》した。その首謀者が吉山だった。自動的に退学になったんだがね。実際は、別のことで退学になるはずだった。その処分を待っている間の事件だったよ。自動的に退学にできて、学校側は喜んでいたがね」

「その、輪姦じゃない方の事件に、鍵《かぎ》がありそうだな」

「わかるか？」

「あんたの口調が、そうだった。学校側が喜んでいたと言ったとき、反吐《へど》でも出そうな顔してたぜ」

「複雑な事件だった」

「いいよ、話さなくても」

「なぜ？」

「あんたの考えだろう。事実ってやつは、どこかで曲げられる。善意によったり悪意によったり、時には無意識にね」

　下村が煙草をくわえた。義手の指の間に挟み、右手でマッチを擦って器用に火をつける。ライターを使えば簡単そうなものだが、わざわざマッチを使っているという感じだ。

「下村は、人間に真実の姿などない、という考えなのさ。どんなふうにでも、変ってしまう。その瞬間、その瞬間が信じられればいいという、奇妙なやつでね。他人のことだけじゃなく、自分のことも信用してない」

坂井は、残っていた下村の豚の足に手を出しながら言った。

「あんたと飲もうってのも、ひとりでいたくない、と言った瞬間のあんたを、信用したってわけだ。こいつを騙《だま》すのは簡単だよ。その瞬間に、ひたむきさみたいなものを見せてやればいいんだ」

「なるほど」

「俺を信用しないというのはわかるが、社長でさえ信用していない。そのくせ、社長が好きだときてる。複雑な人格でね」

「人が複雑な人格だと見るほど、俺は人間として単純なのさ」

「よせよ、もう。ところで先生、受け持ってる科目は?」

「日本史」

「らしくないところがいいね。日本史の教師をやってる走り屋ってとこが」

「専門は、中世史だよ」

「どこが専門にしても、あんたは過去にしか関心を持ってないってことか」

言って、下村は煙草を消した。義手だけで器用にやる。

「吉山と高岸は、いくつだ?」

口の中で骨をもぐもぐとさせながら、坂井が言った。

「二人とも、十七歳だよ。高校三年さ」

私は煙草に火をつけた。激しくなる痛みを、なんとか煙草で紛らわせようとしてみたのだ。

下村が、重い左手で私の腕を軽く叩いた。思わず、呻《うめ》き声を私はあげた。

「そろそろ、痛くなりはじめたようだな、先生。こんな時は、うつらうつらでも眠っちまうことだ。眠る前と後じゃ、痛みの感じはまるで違う」

親父が、七千五百円の釣りを出した。

私が立ちあがる前に、二人は立ちあがっていた。

6　繃帯《ほうたい》

眼醒めたのは、正午少し前だった。

はじめはうつらうつらしかできず、夜明け近くになってようやく眠ったのだった。

濡《ぬ》れたタオルで、躰を拭った。左腕を動かしても、痛みはそれほどひどいものにはならない。桜内はなにも言っていなかったから、繃帯を替えに行く必要などないのだろう。

夕方まで、吉山には会えそうもなかった。日吉町のアパートに住んでいるということしかわからず、捜すにはアパートの数が多すぎることは、二度走り回ってよくわかっていた。私は車を出し、ホテル『キーラーゴ』まで食事に出かけることにした。ゆっくりと食事をとり、それから『レナ』という店にコーヒーを飲みに出かければ、すぐに夕方になるだろう。

暑い日だった。この街に来てから、暑くない日はない。クーラーをかけることは好きではないので、窓を全開にして海沿いの道を走った。大して飛ばしはしない。吉山に会ったら、そろそろなにか言ってやる時だ。警察に訴えると脅しはしたが、ほんとうにその気ならこんなところまで来ることはない。

吉山になにを言うべきか、私は考え続けながら走った。警察に訴えると言ったことは、多分吉山の直接の暴力を防ぐことにはなるだろう。また、きのうとは別の男たちが私の前に現われるのか。それとも、きのうとは別の方法で街から追い出そうとするのか。

ホテル『キーラーゴ』に到着した。

私は駐車場に車を入れ、ホテルへ入っていった。街の中のホテルというわけではないので、昼食時でもそれほど人は多くない。レストランでも、窓際の席が見つかった。

窓際の席は、夕食よりも昼食のためのものだ。外が暗い時は、ガラスに映る自分の顔とむかい合って食事をしなければならない。

ヨットハーバーから出ていく、赤い帆が見えた。海上には、色とりどりの帆が散らばっている。海で遊ぶには、絶好の季節なのだろう。

肩を叩かれた。

坂井が、にやにや笑いながら立っていた。

「めしがのどを通ってるところを見ると、大して痛くはないらしいね、先生」

勝手に私の前に腰を降ろし、コーヒーを註文した。ブルーの半袖のシャツに、白いジーンズ。腕に手術の痕《あと》があった。

「いくらかは、ましだね。それより、ひとつ訊きたいことがある。美竜会というのは、どの程度の組織なんだ?」

「なにを考えてるんだ、先生?」

「個人と話合う前に、組織と交渉するべきなのかもしれない、と思ってる。個人は、組織に縛られてる可能性が大きいわけだしな」

「それを、あんたが?」

「悪いか、高が歴史の教師がそんなことをしちゃ」

「ヒロイズムとかいう、言葉があるだろう。それに酔ってるんじゃあるまいね」

「酒に酔おうが、ヒロイズムに酔おうが、船に酔おうが、俺は高岸という教え子を連れ戻したい。結果的にそうなればいいんだ」

「家出なんてのは、毎日のように、どこの高校でも起きてることじゃないのかい。放っておけばいいって気が、俺はするがね」

「君には、関係ないことだろう」

「そう言われれば、そうだが」

「俺が連れ戻せない、という方に賭けたんだったな」

「むきになるなよ、先生」

「君のような生徒は、何人も扱ってきた。ちょっと教師に逆らってみる。すべてに対して冷笑的だが、徹底したものではない。そういうタイプの人間に、俺がむきになると思うかい？」

「なら、美竜会がどうの、なんてこと考えるなよ。小さなとこだが、素人の集まりってわけじゃないんだ。歴史の先生の近づくところじゃない、と俺は思うな」

「生徒の中には、やくざや犯罪者の子弟《してい》もいる。それを、教師は無視してしまうことはできない、ということと同じさ」

「殉教者《じゆんきようしや》か、あんたは」

「意地っ張りなだけだ。ただの意地っ張りなんだろうと思う」

「そんなふうには、見えないのに」

坂井が、コーヒーを口に運んだ。

私は、カニクリームコロッケを平らげた。客室がどうなっているのかはわからないが、レストランに関するかぎり、このホテルは一流だった。

坂井が、ちょっと頭を下げた。顔色の悪い、長身の男が入ってくるところだった。

「川中に言っておけ、坂井。組合なんてものは、まっとうな人間が作るもんだとな。この街の夜が、組合なんてものに支配されてしまうようだったら、俺は、最後に残された方法をとるぞ」

「自分で言ってくださいよ」

「おまえは、川中のミニ版みたいなものだ。具体的な動きは、おまえと下村が担当してるじゃないか」

「どうして、飲食店の組合が悪いんですか。いままでなかったのが、不思議なんですよ」

「どうして駄目かは、おまえがよくわかってるだろう」

「社長が作るからですね」

「人間には、資格ってやつがある。名刺の肩書なんかで決まるんじゃない。もっと単純な資格というやつがな」

男が私に眼をくれた。

「またぞろ、おまえらの仲間に荒っぽいのが紛れこんできたか」

「えっ」

「川中には、確かに人を魅《ひ》きつける要素はある。俺はそれが、危険なものだと認識している。あいつがどれほど人を魅きつけようと、行きつくところは破滅だ。魅きつけられる人間が多ければ多いほど、一緒に破滅していく人間も多いってわけだ」

「俺が、破滅？」

私が言った時、男はもう背をむけていた。奥の席に腰を降ろし、きちんとスーツを着た男と喋りはじめた。

「めずらしいな」

坂井が小声で言った。

「あんたを見て、宇野《うの》さんが勘違いをした。ドクのところで怪我の治療を受けたから、まともな人間じゃないと思ったんだ。日本史の先生だと知ったら、たまげるだろうな」

「なぜ、俺が桜内さんの手当てをうけた、とわかるんだ？」

「繃帯さ。カルテのある患者は右巻き。ない患者は左巻き。なんの理由もなく、そう決めていてね。決めたものを守る。そういうことをしてみたくて決めた、と理由を訊いた俺にドクは言ったことがある」

「おかしな街だよ、ここは。あの男の言い方も、まるでやくざの威《おど》しじゃないか」

「やくざ連中より、ずっと怕いな。優秀な弁護士だよ」

甘い香りが、私のところにまで漂ってきた。宇野という男が、パイプの煙を吐いている。

「おたくの社長とは、ずいぶん仲が悪そうだ」

「いまの言い方を聞けば、仲が悪いなんてもんじゃない、と思うだろうな」

坂井は、それ以上なにも言わなかった。

私は、コーヒーを註文した。『レナ』のコーヒーは、夕方になる前に飲めばいい。

「あのフェラーリで来てるのか？」

「いや。あいつを走らせるのは、二日に一度と決めてるんだが、きのうも用事で走らせちまったんでね」

「なぜ、二日に一度なんだ？」

「ガソリン代だけは、俺の給料から払う。俺がそう決めたんだがね。メンテナンスや、税金なんかは、社長が面倒を看てくれてる」

「川中さんの車なのか、あれも」

「いや、ある人から、俺が預かった。社長は、金魚を預かって、部屋で飼ってるよ」

「どういうことだ、それは。持主は海外出張中ってわけか」

「死んだよ」

死んだ人間から預かったのなら、返しようがない、と言おうとして、私は途中で言葉を呑《の》みこんだ。死んでしまった人間から、車や金魚を預かっている男たち。確かにおかしな街だ。

「この先に、ヨットハーバーがあったらしいね。もう船はいないが」

「あそこの爺さんも、殺された。この街は、死人が多すぎる、と俺も思うようになった」

ということは、フェラーリの持主も殺されたということなのか。

「先生、車は？」

「駐車場だよ」

運ばれてきたコーヒーに、私は砂糖を入れようとしてやめた。かすかだが、砂糖を使おうとする私にむけた坂井の視線が、違う人種を見るような光り方をしたからだ。

「社長を負かした、という車を、俺に運転させてみないか？」

「負かしちゃいない。俺の方が、負けたんだよ」

「そこの道で、社長にドリフトをやらせたら勝ち、ということになってる。俺はフェラーリで、二度ドリフトをやらせたがね。それの三倍か四倍は負けてる」

「そういうことか」

坂井は、すでに運転する気になっているようだった。私も、運転させてもいいと思った。私と違う癖を持ったドライバーに扱われると、いままで気づかなかったものを車は見せたりするのだ。それでも私は、焦《じ》らすようにゆっくりとコーヒーを飲んだ。

7　車

海沿いの道。

坂井はシフトダウンの音を響かせながら、軽快に走った。タコメーターは、五千回転をしっかりとキープしている。前方に車が現われた。品川ナンバーだ。海でも見物しながら走っているのか、三十キロ程度のスピードだ。坂井はそれを、百三十キロで抜いた。

「山に持っていっていいかい、先生？」

「山のワインディングの方が、こいつは力を出すよ」

「この道は、車が多すぎる。特に夏はな。山道じゃ、時々レッドに入ることもあるかもしれないが」

「そのほうが、こいつは眼を醒す」

「そうか」

坂井は、私のカローラ・レビンを四車線の広い道路に入れた。工場地帯と港を繋ぐ、動脈というやつだろう。

トラックの間を縫うような走り方を、坂井はしなかった。ほとんど直線のこの道で飛ばしてみたところで、大して面白くはない。車のなにかもわかりはしない。

トラックに紛れて走っていると、私のカローラ・レビンは、どこにでもいるありふれた車だった。そうなってしまうところも、私は気に入っている。

ふだんは人に紛れて目立ちはしないが、なにかあれば、際立って強い男になれる。私は自分の姿としてそういうものを望み、無理だという諦めが、せめて車をというふうに私に考えさせたのかもしれない、と最近は時々思うことがある。それはちょっと苦笑したいような気持だったが、当たり前のことだと開き直ってもいた。私が思い描く強い男は、所詮《しょせん》願望の産物にすぎない。人間は、願望だけでは生きられはしないのだ。

道が、狭くなってきた。

坂井はさらに、林道のような道に車を入れた。舗装はある。サスペンションを強化して固めたこの車でダートを走りたいとは思わない。

「行くぜ、先生。あんたの彼女の、底力の見せどころだ」

中ぶかしの音が響いた。二速にシフトされている。回転がイエローゾーンにまであがった。三速。コーナー。かなりハードなブレーキングだった。二速。テイルが流れるぎりぎりのところを、うまくスロットルワークで調整している。

十五、六分、そういう道を突っ走り、街道に出ると、すぐにUターンして、同じ道を戻った。坂井が、フェラーリをかわいがってやっている道らしい。コーナーなど、すべて頭に入っているのだろう。

車の性能をつかみきった坂井は、限界までの運転をはじめた。カウンターの当て方も悪くない。シフトワークも、フットワークも見事なものだ。

サーキットを同じ車種で走れば、いい勝負になるだろう。ただ、この車については、私の方がずっと速く走らせることができる。

「御機嫌だな、この車は」

広い道路に戻ってきた時、坂井が言った。水温がいくらか高めになっているが、ほかのところにはまったく異常がない。その水温も、しばらく走ると下がってきた。

「ブレーキがフェイドするかもしれない、とずっと心配してたが、それもないね」

「俺を甘く見るなよ、坂井。フェイドさせようとして、力一杯ペダルを蹴っ飛ばしてたじゃないか。このブレーキチューンだけには、俺は自信を持っていてね」

「帰るか、ホテル『キーラーゴ』へ」

苦笑しながら、坂井が言った。

「コーヒーを飲みたい。『レナ』へ寄っていこうじゃないか」

「いいな」

いたわるように、坂井は車を走らせていた。車の扱い方を見ただけでも、その人間のことがいくらかはわかる。私は、私がわかった坂井を、嫌いではないと思った。

駐車場には、東京のナンバーの車が並んでいた。海に遊びに来た連中のものだろう。サーフボードを、屋根に載せたままの車もいる。

私と坂井は、カウンターのスツールに並んで腰を降ろした。テーブルの席では、若い連中がはしゃぎ回っている。

「この店は、客が少ない方が雰囲気だね」

「夏になると、時々こんな状態になる。コーヒー一杯淹《い》れるのに、ここは時間がかかってね。それほど凝ってるのに、遅いと文句を言うやつまでいるんだ」

「確かに、ほかのところのコーヒーとは、ちょっと味が違うという感じはした」

「その程度か。コーヒー通は、たまらないと言うんだがね。この店のママは、ホテル『キーラーゴ』の社長の奥さんさ。あそこで会った宇野さんでさえ、ここのコーヒーはよく飲んでる」

灰皿と水だけを前にして、私たちはしばらく待った。高校生のアルバイトらしいウェイトレスが鼻の頭に汗をかきながら立ち働いている。

十五分ほど経《た》った時、カウンターの中はようやく落ち着いたようだった。

「あなたたちの分よ」

カウンターの中の女が言って、笑いながら大きく息を吐いた。これから、コーヒー豆を焙《い》りはじめるらしい。

「美竜会は、うちといつ揉《も》めるかわからない状態なんだ」

煙草に火をつけながら、坂井がいきなり言った。

「どういうことなんだ?」

「つまり、いまあそことあまり関《かかわ》らない方がいいってことさ。俺や下村や、それから社長なんかと一緒にいたりすると、こっちの側だと連中は思うだろうし」

「なぜ、美竜会と『ブラディ・ドール』が揉めるんだ?」

「うちは、川中エンタープライズって会社なんだがね。美竜会は、飲食店組合なんかを作らせたくないんだ」

「なるほど、宇野っていう弁護士の側なんだ」

「宇野さんは、どっち側でもない。美竜会の顧問弁護士をやっちゃいるが」

「そしておたくの社長を、ひどく嫌ってたみたいだったし」

「嫌っちゃいない」

「そうとしか思えないな。露骨に、組合作りの妨害もやりそうな口調だった」

「まあ、妨害するだろうな。社長が作るんだから」

「いい加減なことは言うな。嫌ってないと言ったり、妨害すると言ったり」

「人と人っての、歴史の答案みたいにゃいかないだろう。幕府が何年に開かれたとかさ。そんな答えはない。あの二人のことは、説明するのが難しいし、説明したくもない」

私は肩を竦めた。

テーブルの席にいた若い連中が、六、七人立ちあがり、どやどやと出ていった。それでもまだ、四人残っている。その四人は違うグループらしく、静かだった。

「鼻の頭から、汗が垂れてるぞ、安見《やすみ》」

ウェイトレスがそばに来た時、坂井がからかうように言った。

「いまの人たち、見てたでしょう。ママは、一度に二杯しかコーヒーを淹れないんだから。馬鹿なことやってると思うわ、ほんとに」

経営者の前で言うことではない、という気がした。

「高校生が、こんなとこでバイトしてていいのか。こちらは、先生だぞ、先生」

「先生って？」

「高校の先生さ。科目を教えてやろう。日本史だよ」

「江戸期の三大改革は？」

女の子の眼が、私を見つめてきた。

「享保《きようほう》、寛政《かんせい》、天保《てんぽう》」

「あら」

「寛政の改革は、誰がやった？」

「松平定信《さだのぶ》」

「その男の、血筋は？」

「血筋って?」

「つまりどこの家の出で、父は誰で祖父は誰か」

「知らない、そんなの」

「ほんとに、高校生か?」

「そうですよ。三年生」

「じゃ、知らないのはまずいな」

私はちょっと水を口に含み、煙草に火をつけた。女の子は、私を見つめたまま立ち去ろうとしない。

「なんだい?」

「解答を教えて貰ってません」

「なるほど。定信は、御三卿《ごさんきょう》のひとつ、田安《たやす》家の出だ。ほかに、清水《しみず》、一橋《ひとつばし》という家があり、ともに将軍の子供の家系だ。御三家が、将軍家と少し遠い血になってきたので、御三卿が作られた。まあ、そういうことになっている。だから定信の父は田安宗武《むねたけ》で、祖父は徳川吉宗《よしむね》だよ」

「ほんとに、歴史の先生なんですね」

「専門は、中世史だがね」

「働け、安見。おまえ、結構いいバイト料を貰ってるそうじゃないか。一度見たぞ」

「お小遣いも一緒に貰ってる時よ、坂井さんが見たの」

カウンターの中の女の娘らしい。それで、高校生のアルバイトというのも納得できる。ようやく、私たちのコーヒーが出てきた。ほかのコーヒーとはどこか違う、という私の感想は間違っていないようだが、びっくりするほどうまいとも思わなかった。

「美竜会というのは、小さな組織だがね。それでも大きくしたいという動きは、ずっと続けてきた。それがこのところ強くなってる。パイがでかいのに、いつまでも大きくなれないようじゃ、ほかの組織が入ってきかねないからな」

安見という少女がテーブルの方へ行くと、坂井が小声で囁いた。

「つまり、すでにおかしなのがやってきて、美竜会と揉めたりもしている。そこにあんたが入るというのは、どう考えても火の中に飛びこむようなもんだ」

「俺は、そういうことには関係ない。ただの一教師だってことは、吉山がよく知ってる」

「そりゃそうだが」

「尻尾《しっぽ》を垂れたくはないんだ。心の底に、そういう思いがある。自分の人生で、そんな場面にぶつかったと自覚することが、ほんとにあるかと思ってたがね。もしかすると、ぶつかったのかな、と大袈裟《おおげさ》に考えることもある。実を言うと、人に怪我をさせられたのは、はじめての経験でね」

小声で喋っていた。カウンターの中の女にも、声は届いていないだろう。

「やっぱり、おかしな男なんだ、宇野さんが言ったように」

「俺は、自分ではおかしな男だとは思ってない。ただ、自分の変化にびっくりしているよ。はじめは、高岸を連れ戻せばいいと思ってた。桜内さんのところで、点滴を受けてた時かな。なにか違う、という気がしてきたんだな」

「下村も、単純な男じゃない。あんたを試したくて、連れ戻せる方に賭けてるんだ。何を試したがってるのかは、わからないが。俺も訊かない。下村と俺の付き合いは、社長がいるからさ。それだけだ」

「わかった」

「いいか。なにかやるなら『プリンセス』から離れたところでやるべきだ。あそこは、美竜会が盛り場に作った、前線基地みたいなもんだよ。小さなことでも、別の受け取られ方をして、大きくなることがある」

「忠告をしてくれてるのか。礼だけは、言っておくよ。しかし、なぜ俺に」

「車、好きだよ。あのカローラ・レビン。その持主だからさ」

坂井が、口もとでかすかに笑った。

私は、カップに残ったコーヒーを飲み干した。いつの間にか、四人残っていた客もいなくなっていて、店の中にはＢＧＭと、かすかな波の音があるだけだった。

「定信の、寛政の改革って、成功したんですか？」

安見が、私のそばに立って言った。

「必ずしも、成功という評価ではないね。いろんな抑圧が行われたし、経済が大きく好転したわけでもない。ただ、改革者の意志は、ある期間強烈に貫かれたと思うね」

「実を言うと、歴史の点数、あんまりよくないんです」

「年号の丸暗記など、意味のないことだね。これから大学を受験しようという君にそう言ってしまうのは、問題あるかもしれないが」

「数学の成績、いいんです、あたし」

「数学の得意な、ボーイフレンドでもいるんだろう」

私が言うと、坂井が声をあげて笑った。なにか知っているらしい。安見は、カウンターに入ってカップを洗いはじめた。その顔をあげ、坂井にむかって舌を出すと、またうつむいてカップを洗いはじめる。高校生らしさが、その時だけ覗いて見えた。

8　ロープ

吉山は、私の顔を見て、ちょっと立ち竦《すく》んだ。

私は、そのまま店の奥へ行こうとした。

「待てよ」

腕を摑《つか》まれた。左腕で、私は痛みで顔を歪《ゆが》めた。

「ひどいな。そこは怪我《けが》をしてるんだ」

「外へ」

「客だがね、俺は」

「とにかく、外へ出なよ」

私は頷《うなず》き、外へ出た。まだ宵の口で、酔っ払いの通りになっているわけではなかった。

私は煙草《たばこ》をくわえ、火をつけた。

「なにやったんだよ、あんた?」

「きのうの二人は、片付けておいた」

「てやんでえ。誰を雇ったのかって訊《き》いてんだよ」

下村は、顔を見られる前に、二人とも倒してしまっていたらしい。

「つまり、あの二人は、おまえの仲間ということだな」

「もうそんな段階じゃねえんだよ。あんた、なにしにこの街へ来た」

「高岸を連れ戻しにさ」

「寝言いってる場合じゃねえんだ。俺は、九時に事務所に呼ばれてる。親分《おやじ》さんが帰ってくるんでな。そこで、あんたのことをきちんと説明しなきゃなんねえ」

「高岸を連れ戻しに来た」

「それで、おかしなのを雇ったんだな？」

「吉山、おまえがやくざになろうと、懲役に行こうと、俺はどうでもいいんだ。勝手にどこかでくたばればいい。ただ、くたばる前に、高岸の居所を俺に教えろ」

「勝手にくたばるのは、あんたの方さ」

「おまえが十七歳だってことを、警察に知らせるぞ」

「やりたきゃ、やれよ」

「おまえは、高岸とどういう関係になった。この街に高岸が来てからの話だが」

「帰んなよ。店に入ってこようったって、無駄なことだぜ。店の近くまで、あんたは近づけやしねえ」

「俺はな」

言った瞬間に腹に拳《こぶし》を食らっていた。うずくまるしかなかった。息ができない。吸うことも、吐くこともできない。視界が白っぽくなってきた。吐く。少しずつ、しぼり出すように、息を吐く。それから吸った。一度戻った呼吸は、今度は長距離を走ったあとのように、激しくなった。

やっと、立ちあがった。もう、吉山の姿はなかった。腹を押さえたまま、私はまた『プリンセス』の扉を押した。ボーイが二人、私を押し出した。吉山の姿は見えない。

何度やってみても同じだろう、ということは、二人のボーイの事務的な、しかし押し返す余地のない容赦なさでよくわかった。

私が知っているのは、N市の『プリンセス』という店に吉山がいること、吉山が日吉町に住んでいること、そこへ行くと高岸が友人のひとりに洩《も》らしていたことだけだ。

N市で三回目の夜になるのに、私はまだ高岸に会ってさえいなかった。

なにかほかに方法があるのか、私は考え続けながら歩いた。気づいた時、二人の男に両《りょう》脇《わき》を挟みこまれていた。抵抗のしようもなかった。半端な力ではない。そのまま、両側から持ちあげるようにして、車に押しこまれた。

「なんの真似《まね》かな、これは？」

声が出た。大してふるえてもいなかった。落ち着いているのか、それとも映画でも観《み》るように現実感がないのか、自分でもよくわからなかった。

二人に挟まれて後部座席に乗っている、自分の姿。前の席の二人は、両方とも若かったが、私を挟みこんでいる二人は、私と同じぐらいの歳《とし》だと思えた。

「なにをやっているのか、君たちは認識しているんだろうな？」

返事はない。四人とも、表情も変えなければ、声も出さなかった。車は、夜の街の中を走り続けていく。

「いい加減にしておけよ、おい」

まるで、トイレで煙草を喫《す》っている生徒でも見つけたような口調だ、と自分で思った。

私が相手にしているのは、生徒ではなく、危険な匂《にお》いをふり撒《ま》く男たちだ、ということも頭の中ではよくわかっているのだ。

私はシャツの胸ポケットに手を入れ、煙草をくわえた。両側の二人は、なにも言わない。使い捨てのライターで火をつける。

「俺がどこの何者で、なにをしにこの街へ来ているのか、吉山から聞いて知ってるんじゃないのか?」

煙を吐いた。煙草の味が、まったくしないことに私は気づいた。火はついていなかった。火がちゃんとつけられなかったということが、不意に私を不安にさせた。

「降ろしてくれ」

声がふるえはじめてきた。私はやはりどこか鈍いのだろう。怯《おび》えるのに、かなりの時間がかかった。私の頭の、わずかに残った冷静な部分が、そんなことを考えていた。

「降ろせ」

不意に、右側の男が火を出してきた。ダンヒルかなにかの、高級なライターだ。小さな炎は、いつまでも私の眼《め》の前でゆらめいていた。火をつける。二度、続けて煙を吐いた。

橋を渡った。車は三吉町に入った。日吉町まで行くのだろう。そう考えていた時、マンションの前で車は停《とま》った。

車から降ろされ、マンションに入り、エレベーターに乗せられる。車に乗せられた時と、まったく同じだった。

六階の部屋に連れていかれた。

ワンルームの部屋で、家具はなにもなく、窓の上に小さなエアコンがついているだけだった。蒸し暑かったが、汗は出てこない。

一番年嵩《としかさ》の男は、よく見ると三十代の終りに思えた。私は、冷静さと怯えの間をたえず振子のように往復していた。それでも、自分を失ってしまうような恐怖は、まだ襲ってきていない。

「西尾正人《まさと》。東京のA高校の日本史の教師、間違いないね、先生」

「ああ」

「きのう、うちの若いのが二人、乱暴したようで、申し訳なかったです」

年嵩の男が、ちょっと頭を下げた。

「俺は、吉山に会いにきた。吉山は去年の暮まで、A高校の生徒だった。その友だちの、高岸という者を、俺は捜したい」

「それは、捜せたら適当に捜してください」

捜せたら、というところに、わけのわからない不気味な迫力があった。

私とむかい合っているのは年嵩の男だけで、二人は窓のそば、もうひとりはドアのところに立っていた。

「先生がなにを捜しておられるかは、どうでもいいんでね。私らが訊きたいのは、きのう誰と一緒だったかってことです」

男はドアの方をふり返り、まだ来ないのか、と小声で言った。まるでそれが合図のように、ノックがあり、緊張した表情の吉山が入ってきた。

「先生だろう。ちゃんと御挨拶《ごあいさつ》しねえか」

男が言うと、吉山が頭を下げた。

いきなりだった。なにが起きたのか、よくわからなかった。吉山の躰《からだ》がふっ飛び、窓のそばに立っていた男二人に、抱き止められた。男が吉山を殴ったのだと、しばらくしてから私は気づいた。

「おまえ、ダチを誘って、先生に御迷惑をおかけしたな」

「俺は」

吉山が口を開いた瞬間、男の手からなにかが飛んだ。ロープだった。先端に丸い瘤《こぶ》が作ってある。吉山はそれで頬骨《ほおぼね》のところを打たれたらしく、ささくれたようになった肉のところから、わずかだが血が滲《にじ》み出してきた。

「まずおまえが、先生にちゃんと落とし前をつけるんだ。そうしたら、きのう誰と一緒だったか、先生も喋《しゃべ》ってくださるだろうし」

またロープが飛んだ。なにかが弾《はじ》けるような音がした。吉山の口から血が流れ落ち、顎《あご》のさきから滴った。吉山は、二人に後ろから抱きとめられていて、倒れることすらできないようだった。

私は、啞然《あぜん》として事の成行を見守っていた。吉山がここで殴られているのが、私になにかしたためだとは思えなかった。きのう一緒だった人間の名前を、私に言わせるために、吉山は殴られているように思える。

男の、手の動きが激しくなった。吉山の顔は、信じられないほど腫《は》れあがり、血にまみれている。それでも、男がロープで打つのをやめる気配はなかった。

「勘弁してください。兄貴、許してください」

声は細く小さく、半分泣いているようにも思えた。

「よせよ、もう」

「ほう。きのう一緒だった男のこと、喋ってくれますか?」

「それと吉山と、なんの関係がある」

「関係なくても、先生が喋ってくださらねえかぎり、こいつは死ぬまでこうやって叩《たた》かれてるってことになります」

「理屈が通らないじゃないか」

「それを通すのが、やくざってもんでして」

男が、またロープで吉山を打ちはじめた。先端に拳のついた鞭《むち》のようなものだ。吉山は、もう声すらあげなくなっている。容赦なく打ちすえているのは、いやというほどよくわかった。

私は、煙草をくわえて火をつけた。

「やくざってのは、下劣なもんだ。クズとはよく言ったもんだよ」

煙を吐いた。私にできるのは、なにか言い続けることだけだった。

「卑怯《ひきよう》とかなんとかいう次元じゃないね。頭がおかしい。脳に寄生虫でもいるんだろうな。かわいそうだと思うよ。ほんとうに」

私は、思いつくかぎりの言葉を並べたてた。言葉は、私の恐怖を嘲笑《ちようしよう》するように、次から次に出てきた。ほとんど、自分の口から出る言葉の下品さに、自分で吐気を覚えてしまうほどだった。

「口が回るね、先生」

男が、ロープを打つ手を止めた。

「みんな、おまえのことさ。これでも、勿体《もつたい》ないぐらいだと思ってる。恥じることを知らないけものなんだろうからな」

「それで、俺を挑発すんのかい」

「挑発される玉か、おまえが。それに挑発ってのは、ほんとじゃないことを並べてやるもんだと、俺は思ってる。言ってるのは、全部ほんとのことさ。憐《あわ》れな男だよな」

男の眼が、私を見つめて動かなくなった。私は、笑った。いや、笑おうとした。ほとんど、一生の間に吐く罵詈《ばり》を、ほんの数分の間に吐いてしまっただろう、と考えると滑稽《こっけい》な気分になったのだ。

風が、私の頬を掠《かす》めた。ロープが襲ってきたと気づいたのは、そのあとだ。とっさに、私は首を振ってそれをよけたようだった。

「なんだって、そう馬鹿なんだ。度し難い男だよ」

ロープが、また飛んできた。頭を下げて、私はそれをかわした。もう、喋っている余裕などなかった。二撃目、三撃目と続いてくる。かわし続けた。

男の表情がきつくなった。姿勢を低くして、ロープを横に薙《な》いでくる。かわした。背中が壁にぶつかった。上。壁に当たったロープが、なにかが砕けるような音をたてた。私は横に跳んでいた。

背後から、抱き止められた。動きがとれない。その瞬間、私は恐怖に襲われた。

男は、ほとんどどんな感情も顔に浮かべなかった。一歩だけ、私に近づいてきただけだ。死んだ白い蛇のように見えるロープが、男の手にぶらさげられてかすかに揺れている。

両側から私を抱えこんだ男たちの腕を、私はなんとかふり払おうとした。風。続けざまに私の頬を打った。男が、にやりと笑う。なにか言おうとした。躰の中を駈《か》け回る恐怖が、私の言葉を呑《の》み尽している。

また、風が私の頬を打った。猫が鼠《ねずみ》をいたぶっている。そんな感じになってきた。いきなり、腹に一発きた。言い様のない衝撃だった。次には、頬にぶつかってきた。

「放してやんな。こいつはもう、かわせもしねえ」

またロープが飛んできた。私の躰は自由になっていたが、足は動かなかった。また腹だった。私は膝《ひざ》を折りかけ、なんとか持ちこたえた。

「どうしたね、先生。口が利けねえなんてのは、おかしいんじゃねえのか」

男は煙草をくわえ、銀のダンヒルで火をつけた。それから、私にむかって一歩踏み出してくる。

退《さ》がった。背中が壁にぶつかった。顔に来た。よく見えていたが、やはり私の足は動かなかった。視界が、一瞬白くなった。

「これからだよ、先生」

耳の両側の壁で、ロープが弾ける音がした。私は、壁に背中をこすりつけるようにして、坐《すわ》りこんだ。

ズボンが濡《ぬ》れている。遠いものとしてそれを感じただけで、なんであるのか考えようとはしなかった。熱い液体が、すぐに冷えてきた。また、ロープが飛んできた。耳をそぎ落とされたような気がした。私は、眼を閉じ、ただじっとしていた。

9　闇《やみ》

かすかな息遣いが聞えた。

部屋の中も窓の外も暗く、静かで、私は闇に押し潰《つぶ》されそうになる自分と闘っていた。全身を、滅多打ちにされた。腕を動かそうとするだけでも、脇腹に痛みが走った。倒れている。わかるのは、それぐらいのものだ。どこを怪我《けが》しているのか、などはわかりもしない。

息遣い。しばらくぼんやりとそれを聞いていて、不意に私は、部屋の中にもうひとりいるのだと気づいた。

「吉山」

言ってみた。息遣いが、喘《あえ》ぐような感じになった。それから身動きの気配。

「なんだって、あんた仲間の名前を吐かねえんだよ。あんたが吐くまで、俺だってこのまだってよ」

「いいじゃないか。ひとりじゃないんだ」

「冗談じゃねえよ。名前を言えば、それでいいんだぜ」

「おまえだって、吐かなかったろう」

「俺は、知らねえじゃねえかよ」

「今度のことじゃなく、おまえは高岸の名前を吐かなかった」

「だから？」

「同じさ。男にゃ、やっちゃならないことってのがあるだろう」

「こんなに滅多打ちにされてもかい？」

「死んでもだ」

私が言うと、吉山はくぐもった声で笑った。どういう表情をしているのかは、見えない。ただ、喋りはじめると私は落ち着きを取り戻していた。

「あんた、小便チビって、ただ打たれてるだけで、男やってるつもりかよ？」

「そんなことで、男ってやつが決まるのか？」

「あんた、俺を威《おど》したぜ。十七歳だって、警察《サツ》に知らせるってな」

「おまえみたいな、ガキの次元にゃ、ちょうどいい威し文句だったんでね。威されたなんて思わず、俺に言われたことで、もう一度自分を考え直せ」

「説教かよ、こんなとこで」

私は、ちょっと這《は》うように全身を動かしてみた。痛みには表面的なものが多く、その気になればかなり躰が動かせそうだ。

「逃げよう」

私は這い、上体を起こして壁に寄りかかった。

「俺たちの力で、逃げ出そうじゃないか、吉山」

また、くぐもった笑声が聞えた。

私は、闇の中を手で探って、吉山の躰に触れた。吉山が、かすかに呻《うめ》きをあげた。

「そうか、おまえの方が、ひどく打たれたんだな。時間も、長かったんだ」

「時間は、同じぐらいさ」

「俺に喋らせるために、おまえを痛い目に遭わせる。やくざというのは、そういうことを考えるのか。そんな世界で、おまえは生きていこうとしてるのか」

「親分《おやじ》が死ねと言えば、死ぬ。そういうもんなんだよ。あんたがこの街でチョロチョロしてんのは、俺の責任でね。これぐらいの落とし前、安いもんさ」

私は、ポケットを探った。煙草の箱は潰れてしまっていたが、なんとか喫《す》うことはできそうだった。二本出し、曲がったところを指でのばし、一本を吉山に渡した。ライターの火。吉山は、顔を集中的に打たれたらしく、形相が変ってしまっていた。

「うちの組は、これから大きくなるんだよ」

吉山の吐く煙は見えず、まるで煙のように言葉が私の方に流れてくるだけだった。

「俺がガキのころは、佐々木《ささき》組って名前だった。街は小さかったしよ、でかい組織だったんだ。街と一緒にでかくなれなかったって、先代の親分《おやじ》さんはいまも嘆いてるそうだ。美竜会って名前を変えたって、でかくなれるもんじゃねえ」

「おまえが入って、でかくしようなんて、夢みたいなことを考えてるのか」

「金山《かなやま》の兄貴が出所《で》てきたのさ。八年の懲役《つとめ》だったんだ。半年前に出所たばかりだよ。そして、組をでかくしようってことをはじめた」

「あのロープ使いが、金山だな？」

「二人殺してんだよ。あんな悪態ついて、生きてられるってのは、運がいいんだよ」

「おまえも、金山みたいになりたいのか」

「俺は、まだガキさ」

「高岸も、引っ張りこんだんじゃあるまいな。もしそうだとしたら、おまえは友情をとんでもないもので返すってことになるぜ」

「俺が引っ張りこんだんならな」

「やっぱり、高岸はおまえのとこか」

「知らねえよ。たとえばの話さ」

「高岸は、おまえに借りがあると思いこんだ。職員会議の結論に、ひどく傷ついたんだ。余計なことを、高岸の耳に入れた教師がいてな」

「ほんとのことだろう」

「ほんとでも、余計なことってのは、よくあるもんさ」

「それが、学校だよな。世間ってやつでもある」

「大人みたいな口は利くな」

煙草が短くなってきた。私はそれを、床で揉《も》み消した。

吉山も、煙草を消したようだ。闇の中にあった、二つの赤い点が消えた。

「俺はよ、ちょっと突っ張らかった女《スケ》をひとり、輪姦《まわ》しただけなんだ」

「自分のために、おまえがそうしたと、高岸は思いこんでる」

「勝手に、思いこめばいいさ」

吉山は、私に背をむけたようだった。

「やくざ者は、若い力をただ利用するだけだぞ。俺はそういうものだと思う」

「やくざだけじゃねえよ。学校なんて、もっと都合よく、俺たちを利用してるじゃねえか。どこだって、そうなんだ。利用されながら、少しずつのしあがって、いつか利用する立場になる。それしかねえんだよ」

闇の中で、まともな議論をする気はなかった。明るいところで議論をしても、私が勝てるとは思わない。さまざまな不条理があり、それに腹を立てる若い人間がいる。不条理が不条理としてあるのも、人間の世の中だ、という言い方に、説得力などありはしないのだ。

「逃げよう。二人で逃げようじゃないか、吉山」

「笑わせんなよ。なんで俺がここにいると思う。あんたを見張ってるためなんだぜ」

「そうか」

金山という男は、吉山を試しているのかもしれない。そんな気がしてきた。私ひとりが逃げる。それでも吉山は与えられた仕事を失敗した、ということになりかねない。まして私と一緒に逃げれば、これは完全に裏切りということだ。

「まったく、やくざってやつは」

「いくらか、わかってきたかよ。いいとこの坊やだって話だったからな、あんた」

私の家は、確かに世間では裕福と言われる部類に属していた。高級住宅街と呼ばれるところに二百坪の家があり、親父《おやじ》は運転手付きの車に乗り、おふくろの家事の手助けをする人間も二人いる。

そういう家にたまたま生まれてしまった。そう言うのは、簡単だった。しかしそれは、裕福ではない人間にとっては、なんの意味もない。私が、親父の事業を継ぐのを嫌い、歴史学を学んで、高校の教師をしている。それも、気ままに生きているとしか、世間には見えないだろう。事実、私は、自分の給料のすべてが小遣いという生活をしている。

「逃げるのは、無理か」

「言っちまえばいいんだよ。仲間が誰かってことをな」

「刺されたんだぜ、左腕を。もしかしたら、殺されてたかもしれない。それを助けてくれた人間について、俺が喋ってもいいと思うか。そんなこと、できはしないだろう」

「意地張って、なんになるんだよ」

「おまえなら、喋るか？」

吉山は答えなかった。

私は、もう一本煙草を出し、火をつけた。吉山は手を出してこない。

二人やってきたのは、午前四時を回ったころだった。金山はいない。

「そろそろ、吐く気になったか、先生」

酒の匂い。いきなり明りがつけられたので、私は眼をつぶって眩《まぶ》しさに耐えていた。

「朝になりゃ、金山の兄貴が来る。それまでに吐くんだね。でなけりゃ、あんたも東京の組織から来た人間のひとりとして扱うことになる。わかるかよ。コンクリート詰めで海に沈むわけさ」

「喋りすぎだぞ、おい」

もうひとりが言った。ようやく眼が開けられた。吉山は坐りこんだままだ。

「俺はよ、先公って人種が嫌いでよ。ただでさえ、ぶん殴ってやりてえ。喋らせるのに、痛い目に遭わしてもいいって、金山の兄貴の許しも出てんだ。たっぷりやらせて貰《もら》うぜ。とにかく、東京の組織のどこから送られてきたか、仲間がその組織の人間なのか、ゆっくりと吐いてみちゃくれねえか。いいな、俺は先公が嫌いなんだ。反吐《へど》が出るぐらいにな。手加減はしねえぜ」

「喋りすぎだって言ってるだろう。仲間の名前を吐かせりゃ、あとは調べられるって、兄貴は言ってたじゃねえか」

「兄貴の手間は省くのよ。そうするのが、俺たちのつとめじゃねえか。いいから、俺に任せときなよ」

男の靴が、私の脇腹に食いこんできた。予期していなかったので、私の呼吸は止まり、視界は真白になった。ようやく息が吸えるようになる。全身から汗が噴き出していた。

「けっ、こんな蹴《け》りで、のたうちまわってやがる。骨のねえ野郎だ」

「吉山、おまえもやれ。兄貴からは、そう言われてきてる。吉山にもやらせろってな」

吉山は、壁に凭《もた》れたまま、ぼんやりとしていた。光に晒《さら》された顔は、さっきまでまともに喋っていた人間には見えない。

吉山が、ひどいダメージを受けたと装っていることは、私にはわかった。つまり、私を殴りたくはないのだ。

「そいつは、ひどいぞ。ずっと、腹を押さえて唸《うな》ってた。そのくせ、俺が出ていこうとすると、邪魔をしたよ」

「根性出せ、吉山。まあ、兄貴もやりすぎたかもしれねえと言っちゃいたが。それもこれも、この先公が喋らねえのが悪いんだ」

また、腹に靴が飛んできた。胃の中のものを、私は全部吐き出した。

「おい、腹はやめとけよ。気持悪くて見てられねえじゃねえか」

「おまえは、外へ出てろ。しばらく俺が愉《たの》しんでから、交代してくれりゃいい」

「そうするぜ。もともと俺は、ゲロなんか苦手でよ」

ひとりが出ていった。

残った男は、また私の躰を蹴りはじめた。ただ、私が吐く反吐には閉口したのか、腹を蹴ろうとはしない。腿《もも》や、胸や、肩を蹴ってくる。首から上に飛んでくる靴は、両腕で頭を抱えこんで防いだ。

ノックの音。男が、ちょっと舌打ちしてドアの方へ行った。

「ひとりで淋《さび》しいってわけじゃねえだろう」

魚眼を覗《のぞ》きながら、男が言う。ドアが開けられた。入ってきたのは、出ていった男だったが、すぐに部屋の中に倒れこんだ。叫び声。次の瞬間には、もうひとりも倒れていた。

姿を現わしたのは、下村だった。坂井がそのすぐ後ろにいる。

下村に助け起こされた。立っても、大して苦痛ではなかった。一瞬だけ、めまいのようなものに襲われただけだ。

「こいつも連れていくぞ、下村」

坂井が言った。吉山がちょっと抵抗する仕草を見せたが、坂井の拳を腹に食らうと大人しくなった。

私は廊下に出、エレベーターで下に降りると、黒いスカイラインに乗りこんだ。

「まったく、手間かけてくれるね、先生。いなくなったというんで、美竜会の連中を張ってみた。尾行《つけ》て、ようやくここに行き着いたってわけだ。まったく、びっくりするぐらいに愚直なんだね。『プリンセス』にまた行ったらしいとわかった時は、知能指数を疑ったぐらいだよ」

吉山も、私の隣りに乗せられてきた。

坂井が車を出す。私は、ようやくほっとして、その時はじめて、まだ乾いてはいないズボンのことが気になった。恥で躰が熱くなるような感じだったが、なんとかそれに気づかれまいとだけした。

10　傷の朝

点滴というのは、やはり相当の効果があるようだ。手術などはされず、肋骨《ろっこつ》のところを一か所テーピングされただけで、あとはベッドに横たわって点滴だった。

桜内の診療室が、なんとなく親しい場所に思える。私はほんのしばらくうとうととし、それからくすんだような色の天井を眺めながら、この街へ来てからのことを考えはじめた。

都内の私立高校の教師である私の日常とは、かなりかけ離れたことが起きている。しかもそれを、大して特殊なことだとは思っていない。そういう自分が不思議で、同時に新鮮でもあった。自分が、これまでこうだと思いこんでいたのとは違う自分が、確かにあるようだ。それは、こんなことが起きないかぎり、一生気づいたりはしないのだろう。

　桜内が、坂井と一緒に入ってきた。

「このところの急患というのは、君ばかりだって気がする。打撲傷はかなりのもので、二日三日は痛みが残るだろう。内臓は、憎らしいぐらいに丈夫らしい。左腕の傷は、出血を起こしてるが問題はない。本来なら内出血が、外に出てきただけのことだ」

　腕で頭を庇《かば》った。それで蹴られてしまったのだろう。繃帯《ほうたい》は新しいものに取り替えられている。やはり左巻きだ。

「筋肉を見るかぎり、大したスポーツはしていないようだが、しっかりした骨格をしてるな。遺伝だ、これは」

　私の親父は剣道家で、範士という資格のようなものを持っているらしい。もっとも、いまでは健康のために、素振り用の太い木刀を庭で振るだけだ。そんなものも、私はただ横眼で眺めている。

「とにかく、もう心配はない」

「吉山は、どうしました？」

「あの若造の方は、もっと頑丈だった。体表や顔のダメージはひどいが、全体としてみればどうということもない」

「気になるかい、吉山が」

坂井が言った。私は、坂井の方を見なかった。坂井と下村の二人が、痛めつけた可能性はある。

「いいぜ、帰って。ズボンは洗濯に出すんだな」

笑いながら、桜内が言った。

点滴の針を引き抜かれたので、私は上体を起こし、シャツを着こんだ。左腕を手術された時より、ずっと躰は痛かった。

「俺は寝るぞ、坂井。明りを消して戸締りをしていけよ」

「治療費は、いくらですか？」

部屋を出かかった桜内に、私は言った。

「この間、貰ったよ。あれが三回分だとしたら、もう一度ここへ担ぎこまれて来ても大丈夫だぜ、先生」

片手をあげ、桜内は診療室を出ていった。

「吉山を、どうしたんだ？」

桜内の椅子《いす》に腰を降ろし、デスクに足を載せて煙草を喫《す》っている坂井に、私は訊いた。

「もう、事務所に帰ってるころだろう。やつは点数をあげたと思うよ。あんたの仲間が、東京の組織じゃなく下村だったって、金山に報告できるんだから」

「それで、下村はいいのか？」

「いま、美竜会が一番神経質になってるのは、東京の組織の進出なんだ。だから、社長とは表面的には対立したくない。社長のところの俺や下村ともな。東京から家出少年を捜しにきた先生が、美竜会のチンピラに刃物で怪我をさせられているところを、下村が助けちまった。それがわからず、またあんたをとっ捕まえて、怪我をさせた。闇から闇ってことになればいいが、それをまた下村と俺が助け出した。金山は、いまごろ慌ててると思うぜ」

「じゃ、吉山は？」

「あんたが、なぜやられることになったのか、訊いただけだ。心配しなくても、暴力的な真似はしてない。もっとも、やつは小便をチビったよ。下村に睨《にら》みつけられた時だが」

「それで、いろいろ喋ったのか」

「心配するなって。こっちが知りたかったのは、あんたがなぜやられたかってことだけだし、それを喋ったところで、吉山はなにも秘密を吐いたことにはならん」

「わかった」

「あんたを助けたのが下村だったって、なぜ言わなかった？」

「お喋りは嫌いでね」

「小便をチビってたそうじゃないか、あんた。吉山が言ったんじゃなく、ドクが言った。

出しちまってるから、トイレに行かせる必要もないだろうって。点滴ってのは、トイレに行きたくなるらしいね」

私は靴を履き、二、三度腰をのばした。

「ホテルは近くだ。歩いて帰るよ」

「勿論《もちろん》、俺には送るつもりなんかないが、下の車で下村が待ってるよ」

「お節介だね。助け出されたのに、こんなことを言うのも変だが」

「あんたが黙ってたってことが、下村にはひっかかってるのさ。それを負担に思ったりしてるんじゃなく、つまり、もっとなにか確かめたいんだな。すべてに懐疑的な男だ。特に、人間のひたむきさとか、友情とかに関してはな」

「なにかを失ったんだろう、左手と一緒に」

「どうなんだろうな」

坂井が、煙草を消し、腰をあげた。

私は、さきに診療室を出た。階段を降りたところに、黒いスカイラインが待っていた。

「二つも、借りか」

ルーフに手をかけて、私は言った。

「貸したつもりはない。ただ、あんたがいないと、そこで賭《か》けに負けだ。あんたが捜してる高岸ってガキは、間違いなくこの街にいるね。吉山の顔を見ていて、俺はそう思った」

「そうかい」

「疲れてるようだな、さすがに」

「桜内さんの点滴が効いたよ」

「眠るんだな。明日、どうするか決めりゃいい。よく眠ってから、考えるんだ」

「なにを？」

「吉山を落とす方法をさ。俺には威《おど》すしかないが、あんたは吉山を落とせるよ」

「断定的な男だ」

「教師として、高岸とかいうガキをこの街へ迎えに来てるのかね？」

「おかしいか、それじゃ？」

「いや。ただ、どこまでやる気なのかと思ってね」

「連れ戻すまで。君はそれに張っているんじゃなかったか？」

「俺には、博奕《ばくち》の才能はない、とよく坂井が言うよ」

周囲は、すでに明るくなっていた。それでも、街に人が出はじめる時間ではない。

戸締りを終えた坂井が降りてきた。

『シティホテル』まで、車でほんの一、二分ほどだった。下村と坂井は一緒に帰るらしい。

私は二人におやすみを言うと、夜勤のフロントクラークからキーを受け取り、部屋へあがっていった。

すぐには眠れなかった。

左腕の繃帯を濡らさないようにシャワーを使い、冷蔵庫のビールを一本ずつ空けていった。三本飲み干したところで、ようやく全身が痛みはじめる。

私はベッドに横たわり、大きく息を吐いた。痛みで眼醒《めざ》めるより、はじめから眠らない方がいいと思った。しかし、痛みはそれほどひどくはならず、いつの間にか眠っていた。

電話のベルで眼が醒めた。

吉山だった。私はTシャツにジーンズという恰好《かっこう》で、下へ降りていった。

ロビーの片隅の椅子で、吉山はじっとうなだれていた。スーツにネクタイをつけている。その身なりに、紫色に腫れあがった顔が、いかにも異様だった。

「申し訳ありません」

吉山が、深々と頭を下げる。

「とんでもないことをしちまって、後悔してます。警察《サツ》へでもどこへでも、連れていってください。覚悟はしてきましたんで」

「おい、吉山、どういうことだよ?」

「先生に怪我をさせちまった責任は、すべて俺にあります。実はまだ十七だって事務所で話したら、それもひどく叱《しか》られまして」

「お茶でも飲もうぜ、おい」

「いえ、ここで。先生に詫《わ》び入れて、どうすればいいかうかがってこい、と言われてます。ここで、決めてください」

私は、腰を降ろし、吉山にも掛けるように言った。なんとなく、坂井が言ったのはほんとうだった、と思った。つまり私は、美竜会が警戒しているような、東京の組織の人間ではないことがわかったのだ。川中のところと多少の関係があるらしいと知って、金山は慌てたのだろう。その結果、吉山の身柄を預けてもいい、と申し出てきている。

「めしを食おう。上にレストランがある」

「それは」

「警察に行く代りに、俺と一緒にめしを食えと言ってるんだぞ」

吉山が頷いた。私はすぐに腰をあげ、エレベーターの方へ歩いていった。

エレベーターの中でも、レストランの席でむかい合って腰を降ろしても、吉山はほとんど喋らなかった。註文《ちゆうもん》を取りにきたボーイにもなにもいらないと言い、仕方なく私が二人分の註文をした。

「こういうのが、やくざの謝り方なのか、吉山？」

「いえ、先生はこっちの世界の方じゃありませんし、俺が十七だってこともあって、こういうので許して貰ってます。ほんとなら、指の一本もお届けしなくちゃならないんですが」

指の一本と言った時より、こっちの世界と言った時の吉山の表情の方が、私にはずっと遠くに感じられた。

煙草をくわえて火をつけ、吉山にも一本勧めたが、手を出そうとはしなかった。

「おまえ、実のおふくろさんは、まだ東京だろう?」

「はい。ただ再婚してまして、俺は俺で、あんなことがあった東京から、故郷へ戻りたいという気がありまして」

あんなこと、が輪姦《りんかん》事件を指すのか、別のことを指すのか、私にはよくわからなかった。二つ合わせて、あんなことなのかもしれない。

話の接ぎ穂がなくなった。私はしばらく、煙草の煙を吐いているだけだった。

スープとサラダとステーキ。つまり、ランチセットのメニューというやつだ。結構長く眠ってしまったらしく、すでに正午近かった。

運ばれてきた皿を私が平らげてしまうまで、吉山はひと言も喋らなかった。皿にもちょっと手をつけただけで、半分以上残っている。

「頼みたいことは、ひとつだけだ」

コーヒーを掻《か》き回しながら私が言うと、吉山は合わせていた眼を伏せた。

「高岸に会わせてくれ」

「なにも、できません」

「会うだけでいいんだぞ」

「ほんとに、なにもできません。なにも知らないんです」

「おまえもつらいだろうと思う。だから一度しか頼まない」

吉山はうつむいたまま、眼をあげようとしなかった。

11　鉄砲玉

下村から電話が入ったのは、午後二時過ぎだった。

「ちょっとばかり、ドライブに付き合わないか?」

「いま下か。出かけようと思ってたとこだよ」

「どこへ?」

「どこかへさ」

私はTシャツの上に、薄いジャンパーを着て下へ降りていった。

「車は、スカイラインにしよう。あんたの車が、かなりの性能だってことは坂井に聞いたが、俺は車は走ればいいと考えてる方だから」

下村は、長袖《ながそで》のシャツに、左手にはやはり白い手袋をしていた。

街を抜け、山の方へ走った。海岸からある距離を行くと、山の続く一帯になっている。山に入ると、街の開発の余波もないらしく、昔ながらの農村や、小さな街が点在していた。

下村は、どこへ行くとも言わなかった。

車は、途中で林道に入った。別荘らしい建物が、時々林の中に現われる。その中の一軒の前で、下村は車を停《と》めた。

建物にむかって、歩いていく。私も続いた。玄関ポーチのようなものがあり、踏み潰された吸殻《すいがら》がいくつか落ちていた。

「やっぱり、消えちまったな」

「誰が？」

「高岸っていうガキさ」

「こんなところに、あいつはひとりでいたのか？」

「多分。俺が集めた情報じゃ、そうなんだ。今朝早くには、もう動いてただろう」

「なんで、こんなところに」

「わからんね」

「しかし、美竜会にしても、高岸を働かせた方がいいだろう」

「働かせるためさ。俺は、そう思う」

私は煙草に火をつけた。下村が言っている意味が、よくわからなかった。

「素人ってのは怕《こわ》いね、まったく。ここを見ても、なにも感じないのか？」

「淋しいところで、まあ隠れ家には適当なんだろうと思う」

「それだけかい」

　下村が笑った。

　私はまだ長い煙草を捨て、靴で踏みつけた。高岸が、山の中の一軒家同然のところに、ひとりでいた。それに、どういう意味があるというのか。私が捜しにくることを、予想していたわけではあるまい。

「まわりくどいことを言うなよ、下村」

「鉄砲玉さ」

「なんだ、それは？」

「やくざは、時々鉄砲玉を送る。殺したいやつのところへな。そういう鉄砲玉は、大抵こういうところで、じっと待ってるんだ。殺せるチャンスがくるまでな」

「高岸を鉄砲玉に使うということか。まだ十七だぞ」

「好都合だろう。大人になっていない。刑罰も、それが考慮される」

　無意識に、私はもう一本煙草をくわえていた。

「しかし、いくらなんでも」

「堅気の人間がそう思うことを、平気でやる。だから、やくざなのさ」

「誰を、殺しに行くんだ」

「わからんよ、そんなこと。鉄砲玉だってことも、俺の考えにすぎない。そしておまえが、その鉄砲玉の居所を探ろうとしたんで、金山まで出てくることになったんだよ。高が歴史の先生を威かすのに、やくざの大幹部が出てくると思うかい」

「なるほど」

「いいのか、感心してるだけで」

「どうすればいいのか、見当はつかない」

くわえていた煙草に火をつけ、私は煙を吐いた。蟬《せみ》が鳴いている。暑い日だった。このあたりは暖かい土地だというから、別荘は避暑用ではなく、避寒に使われているのか。

「これでも、高岸を捜すかね？」

「捜す理由は、もっと大きくなったね」

「教師としてかね？」

「教師として、だけじゃない」

「ふうん。じゃ、ほかにも理由があるのか」

「言いたくはない」

「なぜ？」

「理由を言えば、別のことも言うことになる」

「なるほど」

下村が苦笑した。

私は建物の周囲に目をやった。木立に囲まれていて、ほかの建物はまったく見えない。夜は、闇と風の音だけに包まれるだろう。

下村は、建物の中を調べるでもなく、車に戻った。私は額の汗を拭《ぬぐ》っただけで、その場を動かなかった。

鉄砲玉という言葉は、私も聞いたことがある。要するに、暗殺要員だ。相手を殺したあと、組織に警察の手がのびるのを防ぐために、自首するということもあるのだろう。

なぜ高岸が、とは考えなかった。高岸が、ある時自分の意志で選択した道が、ここへ繫《つな》がっていた。そういうことだ。そして高岸の選択には、私自身も責任を持っている。教師としての責任だけではない、と私は思っていた。

車のエンジンがかかったので、私は助手席に乗りこんだ。

「こういうところにひとりでいて、なにをやってるんだい？」

「さあな。俺は鉄砲玉をやったことがあるわけじゃない。ただ、人を殺すとか、相手が憎いとか、ここでいい顔になれるとか、いろんな気分を高めるんじゃないかな。ひとりきりで、そういう部分の気持だけをな」

「自分で、自分を非日常的な気分の中に追いこんでいく、というわけか」

「それに、時機を待つというのもあると思う」

「鉄砲玉は、みんなそうなのか？」

「時と場合によるだろう。チンピラを使う場合もあれば、かなりのやつが行くこともある。組織じゃ、ひとりの鉄砲玉を確保しておけるかどうかで、抗争の時の腰の据り方も違ってくるだろうしな」

「この街での抗争は？」

「ないね。組織がひとつだけだからな。飲食店街あたりから、ウジ虫が発生するように、自然発生的にそういう連中が集まり、別の組織になっていく、ということもあるが、この街にはない。美竜会が、二つか三つ店を出すのが精一杯で、あとはまともな店だ」

「川中さんの力ってわけか」

「ここでは、いろんなことが起きすぎた。急激に大きくなった街だったんでね。必要だったんだよ、社長みたいに力に屈しない男が」

車は、別荘地の林道を抜けようとしていた。

下村が、義手の左手でハンドルを押さえ、右手で器用に煙草に火をつけた。

「まだひとりでやるつもりかい、西尾先生？」

「あの別荘も、君がいなけりゃ俺にはわからなかっただろう。危ないところを、二度助けられもした。その点で、すでにひとりでやっているとは言えないことは、わかってる。ただ、俺の意識として、ひとりで高岸を見つけて連れ帰る、というつもりだよ」

「吉山は？」

「ああいう世界で、生きた方がいいと思える人間はいる」

「冷たいね」

「二人まとめて、なんて考えたこともなかったよ」

「高岸が美竜会の鉄砲玉だとしたら、抜けた時の吉山の責任は大きくなるな」

「高岸を引きこんだ責任も、大きい」

「えこ贔屓《ひいき》をする教師ってのは、どこにもいるもんだね」

「吉山は、俺には扱いきれん。それだけ大きくなったとも言える。高岸は、まだ子供だよ。子供の純粋さが、行動の動機なんだと、俺は思ってる」

「なんとなく、吉山や高岸なんかより、あんたの方が子供だって気もするぜ」

下村が声をあげて笑った。

車は産業道路から街へ入り、『シティホテル』の前で停った。ドライブは終りという意味らしい。

私は一度部屋へ戻り、持ってきた衣類を点検すると、クリーニングに出すものを袋に詰めた。

それから車を出し、デパートで衣類を少し買いこむと、海沿いの道をしばらく走らせた。

全身の筋肉が、シフトのたびに悲鳴をあげたが、それもすぐ遠くなった。

『レナ』の駐車場には、一台分のスペースしか空きはなかった。海水浴帰りに、コーヒーを一杯飲むには、ちょうどいい場所なのかもしれない。

思った通りテーブルの席は塞《ふさ》がっていて、私はカウンターの端に腰を降ろし、コーヒーを頼んだ。ほかに、カウンターには二人いるだけだ。そのうちのひとりは、宇野という弁護士だった。

「よう、先生」

宇野の方から声をかけてきた。

「いろいろと、活躍しているようだね」

連れは若い女で、私の顔を見るとおかしそうに笑った。顔の痣《あざ》を笑われた、という感じではなく、私のことを知っている気配だった。

「人を捜してるそうだけど、見つかりました？」

女が言った。

私は、ちょっと肩を竦めて見せた。宇野が、パイプを出して火を入れ、二、三度続けて濃い煙を吐くと、カウンターに置いた。甘い香りが私の方にも流れてくる。

「看護婦でね。海沿いを、街を通りすぎてずっと走っていくと、もう使われていないヨットハーバーがある。その隣りの病院の看護婦さ」

川中のポルシェがいたのが、そこだった。あのヨットハーバーは、半分だけが残っていて、残りの半分には病院らしい建物が確かにあった。

「なにかあったら、行くといいぜ。もっとも、外科は桜内が担当してるが」

「あの人がやった手術で、なにかあるわけがないわ」

女は桜内を知っているようだが、あの人という言い方が、医師と看護婦の関係のようには思えなかった。

コーヒーが出てくるまで、しばらく待つしかなさそうだった。テーブルの席にいる客はみんな大人しく、騒ぎたてる様子はなかった。泳ぎすぎて疲れているのかもしれない。

「宇野さんですよね」

「夏のパイプは、五度以上吸うと、もう熱くなって手触りが悪い。冬は、これがなかなかいいんだがね」

「美竜会の顧問弁護士をしてるんでしょう?」

「大して金にはならんが、できるだけ成長して欲しいと思って、やってるよ」

「あそこで、十七歳の少年を使ってますね」

「ふうん。なら、警察に訴えてみるといい。すぐに俺が出しちまうがね。十七歳を十八歳にしてしまうことなど、簡単だな」

「相談の余地はない、というわけですね」

「内容によるな」

「つまり、金が大事な法律家ってわけだ」

「君に出せる金は？」

「わずかなものでしょう、あなたの金銭感覚から見たら。なにしろ、やくざの弁護を疑問もなくできる人らしいし」

「誰にでも、弁護を受ける権利はある。そんな言い方をする気はない。俺がやってる仕事のすべてを金に換算すると、微々たるものでもある。だが俺は、美竜会に大きくなって欲しいから、やってるんだよ」

「わかりましたよ。むこう側の人に、話したのが間違いでした」

「なんでも、図式で考えるのが好きなのか。むこう側とこっち側とか、右とか左とか」

女が笑いはじめた。カウンターの中の女も笑っている。私は煙草に火をつけ、横をむいて煙を吐いた。

「いい加減にしてよ、宇野さん。こちらは真面目《まじめ》な方よ、きっと」

まだ笑い続けながら、女が言った。

「じゃ、笑うな。真面目さというのが、時として滑稽になるのはわかるが」

からかわれているようだ。腹は立たなかった。この街へ来てからの私は、自分で考えても間が抜けているだけだ。

ようやく、コーヒーが出てきた。カップを出したのは、安見だった。宇野や女とも親しい様子だ。

「美竜会が大きくなると、宇野さんは儲《もう》かる、というわけですか」

もうよそうかと思いながら、私はまた言っていた。

「俺が美竜会に肩入れするのは、川中を潰したいためさ。あんな暴力団が大きくなれば、ダニの数が増えてまた面倒になる」

「それなら」

「もうよしたら、ええと」

「西尾。西尾正人」

「川中さんを嫌いなだけよ、宇野さんは。単純にそうとは言いきれないんだけど」

「あなたは？　自分だけ名乗るのは、あまり好きじゃない」

「山根《やまね》知子《ともこ》。看護婦で、桜内の情婦で、宇野さんの友だちで、川中さんの友だちでもあるわ」

「じゃ、桜内さんを追い出したというのは」

「追い出されたがっていたから、追い出しただけ。時々、そうやって自分を苛《いじ》めたくなる癖がある人なの」

「わけがわからないな」

「たとえば、宇野さんのところに、川中さんとこの坂井さんや下村さんはよく入り浸ってるわ。あなたのことも、宇野さんは坂井さんから聞いたのよ、西尾さん」

「せっかくのコーヒーの味が、わからなくなってくる」

「単純に考えればいいの。宇野さんと川中さんの二人だけが、仲が悪い。深いところではどうなのか、誰も知らないけど」

安見が笑いはじめた。ずっと話は耳に入れていたらしい。

私はコーヒーを飲み干し、腰をあげた。山根知子が付いてくる。宇野は、それを止めようともしていなかった。

12 筋肉

街までの車の中で、山根知子はずっと病院の話をしていた。老人病院らしいが、入院や手術の設備もあるらしい。理事には宇野や川中が名を連ねていて、やがては総合病院にしようという計画もあるらしい。

私は、地方都市の病院より、宇野や川中のことを知りたかった。それによって、私が捜そうとしている高岸が見つかるとは思えない。ただこの街を知ることで、手がかりが見つかるかもしれず、そのためには宇野と川中という二人の人間をよく知ることだとも思えた。

山根知子には、二人の関係を詳しく説明する気はないらしい。

「あの店は、何時からかな？」

「七時だったと思うな」

六時十分を回ったところだった。まだ暗くなってはいない。

「あの店と言うだけで、わかるんだ」

「まあね。『ブラディ・ドール』なんて、あたしにあまりぴったりしすぎるので、あの店と言ってくれた方がいいわ」

なぜぴったりなのか、山根知子は言わなかった。

「川中さんなら、六時半ごろには来るはずよ」

「そうなのか」

「いつも、店が開く前に、ボンド・マティニーを一杯やるの。いまは、坂井さんがそれを作る権利を持ってるわ」

「なるほど」

カウンターの中を譲る譲らないで、坂井と下村が賭けをしている。理由はそのあたりにありそうだ。

「ボンド・マティニーってのは？」

「シェイクしたドライ・マティニー。昔の映画で、ジェームズ・ボンドが飛行機の中でそれを飲むの」

「キザだな、川中って人も」

「それが、キザでなくなるところが、川中さんね」

「なぜ、俺と帰ったんだい。宇野さんを放《ほう》っておいて」

「あの人の車は、フワフワして乗り心地が悪いの。それがいいっていう人もいるけど。フランス車ね。それに、あの店で会っただけよ。あたしは、浜の方へ泳ぎに行った帰り。車を桜内が持っていっちゃって、あたしはどこへ行くのもタクシーだわ」

「ほんとに、桜内さんの恋人なのか？」

「そういう言い方は嫌いね。情婦と言ってよ。お互いに恋をしてるわけじゃないから、その気になればいつでも別れられるわ」

「完全に別れたってわけじゃないんだろう？」

「また一緒に暮し始めたら、完全ってことじゃなくなるわね。その程度のこと」

「やっぱりわからんな、この街は」

「おかしな人間が集まってるの。それで、またおかしなのが集まってくる。たとえば、西尾さんみたいなのがね」

「俺は、おかしいか？」

「かなりね」

声をあげて、私は笑った。いやな気分ではなかった。宇野も川中も桜内も、そして下村や坂井もおかしな男だと言われている。そして私は、その同類というわけだ。

街へ入ると、私は『ブラディ・ドール』の方へ車を向けた。黒いポルシェが、店の前に停るところだった。降りた川中が、私の車の方へ眼をむけた。

「走り屋か。この街で、もう恋人を見つけたのか」

私は、ちょっと肩を竦めて見せただけだ。店の入口で、ボーイがお辞儀をした。

「一杯飲ませてね、川中さん」

山根知子が、さきに店に入っていった。

「気の強い女だぞ」

言って川中は笑い、私の肩を軽く叩いた。

カウンターの中には、坂井がいた。客はまだいない。女の子たちの姿もなかった。

坂井が、鮮やかな手つきでシェーカーを振った。カクテルグラスになみなみと一杯。最後の一滴が垂れてきそうだった。川中はそれを、ほとんど首を動かさずに、ひと口で空けた。

「この男から、そんなに血の匂いがするのか?」

空のグラスを持ったまま、山根知子を見て川中が言った。

「この人からってわけじゃないわ。でも、血の匂いはする。なにか、事件を運んできた人ね」

「事件は、もう起きてるらしい。坂井も下村も、どうやら参加してるな」

喋っていると、あまり暗い印象のない男だった。陽焼《ひや》けしていて、笑うと歯の白さが目立った。

坂井はまったく表情を変えず、バーボンのストレートを私と山根知子の前に置いた。奥から下村が出てきた。ボーイになにか指示をしているだけで、カウンターに近づいてこようとはしない。

「二人とも、俺にあまり喋りたがらん。俺が首を突っ込むのを、いやがってるのさ」

「川中さんが参加すると、事件が大きくなるからよ。自分でその気がなくても、どんどん大事件にしちまうのよね」

「それにおまえが絡むと、また大量の血が流れるってわけだ」

川中は、一杯以上飲もうとはしなかった。店の中に、低くBGMが流れ始める。

「この女は、血が好きで看護婦になっちまったってやつでね。血の匂いを嗅《か》ぎ分ける。桜内はそう言ってる」

「俺も、いくらか血を流しましたよ」

「もっとさ。血の海を泳ぐようだと、おまえに惚《ほ》れてくれるぞ、西尾」

「家出少年は、見つかったのか？」

店の名がなぜぴったりだと山根知子が言ったのか、ようやくわかってきた。

「どこまで、知ってるんです？」

「おまえが高校の教師で、家出少年を捜しにこの街へ来たってことぐらいかな」

「美竜会と関係してるらしくて、顧問弁護士の宇野さんに言ってみたんだけど、軽くあしらわれたな。十七歳を十八歳にすることなんか簡単だと言ってました」

「キドニーは、そういう言い方をするさ」

「キドニー?」

「ごついキドニー・ブローを食らって、あいつはああなったんだ」

「腎臓《じんぞう》が駄目なのよ、二つとも。人工透析を受けてるわ」

「ところで坂井、美竜会から詫びが入ったんだがな」

煙草に火をつけながら、川中が言った。

「下村に訊いてくださいよ」

「おまえが喋らんことを、下村が喋るのか?」

「金で転ぶかもしれませんよ」

「じゃ、おまえは女で転ぶな。こいつをやろう。喋ってみろ」

川中が、山根知子の肩を叩いた。山根知子は、いやがっているようではなかった。

「大したことじゃないんです」

「大したことかどうか、西尾先生から聞かせて貰うことにしようか」

「喋りませんよ、西尾も」

喋るなということだろう、と私は理解した。川中が煙草を消した。店の奥の方で、女の笑う声がした。客が入ってくるまで、女の子たちは奥で待っているらしい。

「東京の組織の人間と間違えた、と美竜会からは言ってきた。うちとも関係ない人間だと、俺は答えておいたがね」

「そうですか」

「美竜会は、なぜ俺に弱腰なのかな。飲食店組合を作ろうとしてるのは、俺だぜ」

「だからでしょう。そのうち、なにか工作してきますよ。東京の組織がこの街を狙《ねら》ってるというのは、噂《うわさ》だけじゃなさそうだし、やつらも二面戦争ってわけにゃいかないでしょう」

「それだけかな」

「ほかに、なにか？」

「予感がするだけさ。また血が流れそうな」

「山根が喜ぶだけじゃないですか」

「あたしは、やくざ同士の撃ち合いで流れた血なんか、どうでもいいのよ。ひとりで血を流す男が、好きなの」

「だとさ、西尾先生。腹でも切ってみるかね」

言って川中は立ちあがり、店を出ていった。客とあまり顔を合わせたくないのかもしれない、と私はなんとなく思った。

「ドク、臭かったぜ」

　坂井は、山根知子のバーボンを新しいのに代えた。

「髭《ひげ》だけ剃《そ》ってるって感じだな。あれじゃ、パンツも洗ってない」

「あたしの母性本能を刺激して、なにかさせようったって無駄なことよ。その気になれば、あの人は帰ってくるわ」

「だろうな」

　坂井は、私のグラスにちょっと眼をくれた。まだ半分も減っていない。あまり飲みたくはなかった。ＢＧＭのボリュームが、ほんの少しだけあがった。

「川中さん、組合を作るってことで、ちょっと神経質になってない？」

「宇野さんが、派手に邪魔をしてるからな」

「いつものことじゃない」

「組合まで、宇野さんが反対するとは思わなかったんだろう」

「西尾さんより、川中さんの方に血の匂いがするわね」

「いやなことを言うなよ」

　坂井が、グラスを磨きはじめた。キュッ、キュッという気持のいい音が、私のところまで聞えてきた。

　客が三人入ってきて、奥から女の子が三人出てきた。ようやく、酒場らしい雰囲気が漂いはじめた。ボーイの註文を受けて、坂井がシェーカーを振りはじめる。

「鉄砲玉を志願してるらしいな、高岸は」

山根知子が席を立った時、坂井が小声で言った。

「そういう情報を、下村はどこから集めてくるのかな？」

「どこからでも、必要があれば、どこからでも、どんな方法を使ってでも、情報を集めてくる。下村も俺もな」

坂井の声は、私に届いているだけだろう。いくら眼を凝らしても、唇が動いているようには見えない。

「おかしな喋り方をするね。まるで腹話術だ」

「刑務所で覚えた喋り方さ」

坂井の唇は、相変らず動いていなかった。

また客がひと組入ってきて、奥から女の子が出てきた。下村は、礼儀正しく客を迎え、席に案内している。

「高岸ってガキ、思い切ったことをやりそうなやつか？」

「ラグビーの有望選手だった。やつのサイドステップは、稲妻と呼ばれてたよ」

山根知子が戻ってきた。

「ラグビーか」

「西尾さんが、やってたんじゃないでしょう。そうは見えないな」

山根知子が、私の腿《もも》に手を伸ばしてきた。筋肉を調べただけだとはわかっていても、私は束《つか》の間《ま》、襲ってくる欲情に抗《あらが》った。

13　夜の会話

ノックで眼が醒めた。

ドアの魚眼から覗くと、見憶《みおぼ》えのある顔が立っていた。慌ててチェーンをはずし、私はドアを開けた。

「先生」

高岸は身長が百八十センチほどで、私を見降ろすような恰好になる。

「早く、入れ」

高岸を部屋に入れ、私はドアをロックするとチェーンをかけた。

高岸の方から、会いに来た。まったくあり得ないことだ、と思っていたわけではない。可能性は低いだろう、とこの街へ来てから考えはじめたのだ。

「掛けろよ、高岸」

私は、高岸とむき合って腰を降ろした。

どこも変っていない。私が教えていた時のままの高岸だ。人間が、ひと月やそこらで、簡単に変ってたまるか、という気もする。

「いろいろと、ご迷惑をかけちまって」

「俺が、好きでやってることだ」

午前三時を回ったところだった。私は煙草に火をつけ、高岸になにか飲むかと訊いた。高岸が首を振る。陽焼けした顔が、いくらかさめたような感じがある。

「気持はわかる、などとは言わないが、俺と一緒に帰ろうって気にはなれないか?」

「俺は、この街にいますよ。それを言いに、ここまで来たんです」

「それならそれで、正式に退学して、友だちやラグビー部の連中に、さよならを言ってからにしちゃどうなんだ」

「そんなこと」

「おまえが、あんな学校にいたくない、というのはよくわかる。それはいい。もしかすると、当たり前のことかもしれないんだ。しかし、友だちやラグビー部の連中は、違うんじゃないのか」

「できるなら、そうしたかったですね」

「遅くないんだぜ、まだ」

高岸の表情が、ちょっと動いた。口もとだけで笑ったのだと、私はしばらくして気づいた。

灰皿で煙草を消し、私はテレビの下の冷蔵庫から、ビールを一本出した。二つのグラスに注《つ》ぎ分ける。ひどくのどが渇いたような気分だったのだが、ひと口飲んだだけで、それは収まっていた。高岸は、グラスに手をのばそうとしない。

「俺が、この街を出られるなんて、夢みたいな話なんですよ」

「それだけ、拘束されてるということなのか。それなら、方法がまったくないわけじゃない。いや、いくらでも方法はある。おまえにその気があればだが」

「俺は、ここにいますよ」

「自分の意志でか?」

「そうです」

「吉山に、負い目を感じ続けてるんだな」

「それだけじゃ、ありません」

「美竜会にいて、鉄砲玉でもやるのか」

高岸の表情がちょっと動いた。笑ったのではなさそうだ。

こんな少年でも、鉄砲玉には使えるだろう。私より躰が大きく、はるかに力も強い。稲妻と仲間たちから呼ばれたサイドステップを使えば、相手の護衛の二、三人はかわせるかもしれない。

「なんですか、その鉄砲玉というのは?」

「映画で観《み》たよ。殺しの道具に使われながら、悲しく滅びていく若いやつらのことだ。やくざの世界じゃ、そういうこともめずらしくないんだろう」

「のしあがっていくしかないですから。そのためにゃ、少々危《やば》いこともやるようになるでしょう」

「吉山がそう考えるのは、わかる。なんとなく、そういうものを、もともと持ったやつだって気がする」

「そういうものを持ってるからって、なにやったっていいんですか?」

「俺は、そう思ってない」

「そうですよね。先生個人は思ってない。だけど、学校全体はそうだった。つまり、世間ってやつがそうだったってことです」

「俺も、そう思うよ」

「だったら」

「それから先の話さ。おまえが、吉山の後を追うように組織に入る。そこまでやる必要が、どこにある。おまえの人生は、おまえだけのものだ、と俺は思う」

「きれい事ですね」

私はグラスのビールを飲み干し、もう一杯注いだ。高岸は、相変らず手を出そうとしない。眼に、けもののような光がある。ふと、私はそう思った。試合中の高岸は、こんな眼で走っていたものだ。

「十七だろう、おまえは」

「どういう意味ですか？」

「まだ、大人に騙《だま》されたっていい年齢じゃないか」

「わからなければ、ですよ」

「現に、おまえはいま騙されてるかもしれないんだぜ。美竜会は大人の組織で、弱い者をいじめたり、法律に逆らったり、人を騙したりして、生きのびてるところだろう」

「俺と、吉山の間だけのことですよ。俺はそういうつもりです。だから、美竜会がなにをやってるかなんて、関係はないんです」

「そう言うだろう、とは思ってた」

「わかってくれたんですね」

「わかったが、諦《あきら》めたりはしない」

「そう言うだろう、と思ってました」

眼が合った。高岸が、さきに笑いはじめた。私も笑っていた。

高岸は、半袖のシャツの胸ポケットから煙草を出すと、大人びた仕草で火をつけた。躰が大きいせいか、ちょっと見には二十歳《はたち》を超えているように見える。

「ねぐらがどこかだけ、教えておけよ」

「やめましょう。先生はそこへ来るだろうし、またいやなことが起きかねない」

「教えなくても、捜すぜ」

「それは勝手です。俺の方から関係したくないってだけのことでね。俺が見つけられる前に、多分先生の方が音をあげますよ」

煙の吐き方も、高岸は大人びていた。

なぜ高岸がこんな時間に訪ねてきたのか、私は考え続けていた。元気でいるから、心配しないで東京へ帰れ。そう言うために、現われたとも考えにくい。

「俺の方から、一日に一度、先生に電話を入れます」

「なぜ？」

「捜しても見つからなきゃ、不安でしょう。それに、どこかで接点を持っていたい、という気持がまだ残ってましてね。つまり、俺も不安なんです」

私は、ホテルのメモ用紙に、『レナ』と『ブラディ・ドール』の番号を書いて渡した。

「ホテルにいない時は、このどちらかだ。毎日、六時に電話をくれ。そこでつかまらなかったら、次は八時。それでいいか？」

「先生、川中社長とは、どういう関係なんです？」

「なにもないな。美竜会のチンピラに襲われた時、川中さんのところの下村というマネージャーに助けられた。金山に監禁された時も、下村と坂井が助けてくれた。そういう意味で、借りはあるがね」

「そうですか」

「美竜会の顧問弁護士とも、知り合いになったぜ。おまえはまだ知らないだろうが、なにかあったら、その人の世話になるんだろう」

「なにかあったら、ですよ」

高岸が腰をあげた。

引き止めたくても、腕力でそうすることはできないだろう。私は、椅子に腰を降ろしたまま、出て行く高岸を見送った。

ひとりになると、私は冷蔵庫からウイスキーのミニチュアボトルを出し、ビールに混ぜて飲んだ。

私はなぜ、この街にいるのか。教師としているのか。

去年の秋に、ラグビー部の生徒四人が、かなり大きな問題を起こした。駐車中の車を盗み、湘南《しょうなん》のあたりで羽目をはずし、バイクでツーリングしていた六人のグループと喧嘩《けんか》になり、二人に重傷を負わせたのだ。相手も高校生で、警察沙汰《ざた》にもなった。

当然ながら、四人の処分が職員会議で話合われた。四人の中には、吉山と高岸が入っていた。学校側としては、レギュラー選手でもない吉山はどうでもよかったが、有望選手の高岸は守りたかった。そういう意志が、職員会議の空気に流れていることは、私も肌で感じた。

槍玉《やりだま》にあがったのは、吉山だった。日頃の素行の問題もあったのだ。高岸は、優等生と呼ばれてもいい位置にいた。

喧嘩そのものは、誰が誰を殴ったのか、特定はできない。きっかけも、つまらないものだった。四人と六人という、人数の差もある。

車を盗んだのが吉山だと特定しよう、という意見が出てきた。その車に、残りの三人が誘われて乗った。盗難車だということは知らず、無免許だということだけを知っていた。

そんなふうに揉めながら、ほとんど一日おきに職員会議が開かれた。

吉山が、工員をしている不良仲間と、輪姦事件を起こしたのは、そういう時だ。

望んでも起きようのないような事件が起き、車の盗難や喧嘩の責任もすべてひっくるめて、吉山ひとりが退学処分ということになった。吉山も、半分自棄《やけ》のように、それを認めたのだ。

残りの三人は、校長室で二時間ばかり油を搾られただけで、始末書さえ書かずに済んだ。対外的には、吉山が喧嘩や盗難の責任までとらされた恰好だったが、三人は輪姦事件で吉山が退学になったと思っていたはずだ。

おまえの分まで背負って、吉山が退学になっていった、と高岸に言った教師がいる。悪意ではなかったようだ。吉山の分まで、夏休みの大会では頑張るように、という励ましのつもりだったのかもしれない。

高岸が、吉山の消息を気にしはじめたのは、その時からだった。あとで調べてわかったことだが、高校生ではない不良仲間にまで、消息を訊いて歩いている。

車の盗難と喧嘩は、吉山の義父が金で解決していた。せいぜい総額で十万程度の金だったようだ。輪姦の方は、輪姦ではなかったと被害者の方が言いはじめ、結局刑事事件にはならなかった。輪姦は親告罪ではないから、相手の了解と合意があっての、複数との関係だったのか。それとも、ただの狂言だったのか。警察のそういう処分が決定したのは、吉山が退学になった一週間も後のことだった。

輪姦事件による吉山の退学の決定は、盗難と喧嘩の事件の時の職員会議の揉め方と較《くら》べると、呆気《あっけ》ないほど早かった。真相がはっきりする前に、とにかく吉山にすべてを被《かぶ》せて学校を追い出した、と解釈されても仕方がないものがある。

自分の罪まで吉山が着て、学校を追い出されていったということに、高岸は当然自責を感じただろう。

しかし、家出の原因が、それだけだったのか。なにか、別の要素がないのか。

私はずっと、それを考え続けていた。子供が、好き勝手をしている、とだけは思えないものが確かにある。

酔いが回りはじめていた。全身に鈍い痛みがある。すでにミニチュアボトルは、三本空になっていた。

人に殴られた経験すらない私にとっては、この街へ来てからの体験は、ほとんど夢に近いものだったと言っていい。客席に腰を降ろし、スクリーンを観ているような気さえする。しかし、ほんとうにあったことだった。鈍く持続する躰の痛みがそれを証明しているし、失禁したズボンの冷たさも、決して忘れることはないだろう。

私は四本目のミニチュアボトルの中身と、二本目のビールの残りをグラスに注ぎこんだ。

高岸は、なぜ、自分の将来を捨てようとしているのか。高校生の持つ純粋さを汚すようなことを、周囲の大人は確かにやった。職員会議の一員として、私もそれに加担した。それはひとつある。しかし、それだけなのか。

私は、自分の関心が、高岸というひとりの男が、堕《お》ちて行こうとしていることそのものにむいているのに、ようやく気づきはじめていた。中堅製薬会社のオーナー経営者の父親に反撥《はんぱつ》しつつ、決して堕ちるという道は選ばず、むしろ父親の経済力と地位を利用して生きてきた自分に対して、無意識のうちに嫌悪感を抱いていたのかもしれない。

高岸の家庭は、代々受け継いできた衣料品問屋を経営する父と、姉ひとりの三人家族だった。二年前に母親が他界したことを除けば、恵まれた家庭で育ってきたと言っていい。高岸がいま、なぜそれを捨てようとしているのか。

ラグビーに関しては有望で、大学からいくつもの引きが来ていたはずだ。一流選手になれる可能性は、充分にあった。家を出ることで、高岸はそれも捨てたことになる。

さらに、酔いが回りはじめていた。

全身に、鈍い痛みが持続している。なにかしら、躰でわかったことがある。殴られれば痛い。単純なその事実がわかった。ほかのものも、なにかわかったような気がする。

いつの間にか、外は明るくなりはじめていた。立ちあがり、ベッドまで行くのが、たまらないほどの重労働に思えた。

椅子に躰を沈めたまま、私は、眼を閉じた。

14 昼食

海沿いの道を走っていると、また川中のポルシェが視界に入ってきた。

距離を詰める。川中も気づいたようだ。シフトダウンの中ぶかしの音が、夏の空気の中に響いた。

ほかの車がいない時を見計らって、川中がバトルを仕掛けてくる。アウトからコーナーに切りこみ、インにつけ、アウトに出る。はじめは、その程度のコーナリングだった。私は何度かインを刺そうとしたが、もうひとつスロットルを開ききれなかった。

私の車の後輪が滑りはじめる。ミシュランのタイヤで、空気圧は高めにしてある。多少の滑りより、スピードを選んだセッティングだった。

川中は、グリップ走行を続けていた。

川中にドリフトをさせれば勝ち。坂井はそう言っていた。抜ける、という感触はない。しかしドリフトをさせる程度に、追いつめられるという気はする。

対向車が現われるたびに、川中の手が窓から出てきて、バトルは一時中止だという合図を送ってくる。

海沿いの道からそれて、山に入った。坂井と走った林道より、まだ狭い。対向車が来たら、擦れ違うのに慎重にならなければならないほどの道幅だ。

対向車はいなかった。ポルシェのエンジンの唸《うな》りが、まるで動物の咆《ほ》え声のように、荒々しいものに聞えてくる。本気で走ろうという気になっているようだ。

私も、本気になった。

タック・インで、コーナーを鋭角的に曲がっていく。山道では、二速と三速で充分だった。四速にシフトするほどの直線はない。

後輪が滑る。それをカウンターで押さえこむ。憎らしくなるほど、ポルシェのタイヤはしっかりと路面をグリップしている。

ポルシェが、次第に私を離しはじめた。この道で、抜くことはできないだろう。川中も、コーナーでドリフトをやれば負け、と思っているはずだ。

コーナーへの進入速度。度胸を決めた。タック・イン。フル・スロットル。ほんのわずか、ポルシェとの差を詰めた。しかし、次のコーナーでは離されていた。全身に汗が滲《にじ》み出している。ここで負けられるか。そういう思いに包まれた。

スロットルを踏みつける。すでに、周囲の景色など眼《め》にも入らなかった。路面と、前を行く、黒い風のようなポルシェ。躰《からだ》と車が、ひとつになった。差が詰ってくる。そう思うと、また離される。下りになった。きつい右へのコーナーを、道幅一杯のドリフトで私は曲がった。ブレーキング。シフトダウン。シフトアップ。私が車であり、車が私だった。ポルシェ。さらに差が詰った。左のコーナー。ポルシェが、大きくテイルを右へ振った。カウンターを当てている川中の横顔が、私にはっきりと見えた。完全なドリフトだ。

下りきったところにいくらか広い場所があり、そこでUターンをした。

川中の走り方が、荒っぽくなった。どのコーナーでも、ほとんど後輪を滑らせている。そうなると、馬力の差が出てきた。距離が開いた。どうあがいても、私の車では追いつけない。それでも、懸命に食い下がった。ポルシェが見えなくなるほど、大きく離されはしなかった。

林道の出口で、川中は待っていた。

「昼めしを奢《おご》るぜ、走り屋」

言って、川中はポルシェを出した。

すぐに、海沿いの道に出た。気持よさそうに、川中はポルシェを転がしている。私も、カローラ・レビンを低回転で走らせてやった。全力疾走をしたあとの、運動選手のようなものだ。

ポルシェがウインカーを出した。ホテル『キーラーゴ』だった。

駐車場に、並べて車を突っこんだ。

「なにがあった、走り屋？」

「えっ？」

「この間と、違う人間みたいだった。粘りついてくるというのかな。うるさいぐらいだったよ。ここで離そうと思っても、踏みこんでくる。度胸の据え方も、半端じゃなかったぜ」

「そんなに、違いましたか？」

「走り方には、いろんなものが出る。技術や性格というものだけじゃなくな。おまえは、確かに変ったよ」

「そうですか」

ホテル『キーラーゴ』の一階のレストラン。

私は、川中と同じ三百グラムのステーキを註文《ちゅうもん》した。

「同じ車種でやったら、俺は手もなくひねられるだろうな」

「いまの車以上のものを、まだ扱ったことがないんですよ」

「女みたいなものさ。みんな同じだと言えば同じだし、違うと思えば違う」

川中が笑った。笑うと、人懐っこい表情になる男だった。

窓の外の、ヨットハーバーからは、かなりの数のクルーザーが出ているようだ。いま出ようとしている船も、二隻いる。

「船を持ってるんですか、川中さん？」

「高性能のエンジンを、二基搭載してる。海の上じゃ、坂井の方が腕が上でな。俺が教えてやったのに、すぐに抜いちまったよ」

「乗り心地のいい船、というわけじゃなさそうですね」

「どっちかを、選ぶしかないな。スピードを求めれば、構造上キャビンは広くとれん。このホテルには、乗り心地のいいやつがあるぞ。内装がウォールナットで、サンセットクルージング用のな」

「そういうの、嫌いですか？」

「いや。土崎《つちざき》という船長がいてね。トローリングをやるにはそっちの方がいいし、女と一緒の時もな」

そんな言い方をしながら、川中に女っ気はあまり感じられなかった。

ステーキが運ばれてきた。レアの三百グラム。大柄の川中にはよく似合う。

川中につられるようにして、私もあっという間に皿を平らげていた。かすかに躰に残ったような感じがあった酔いも、胃袋に入った肉が消した。きちんとスーツを着た男が現われ、私に職業的な感じのするお辞儀をした。

「このホテルのオーナーだ。秋山《あきやま》という。わざわざ挨拶《あいさつ》に来たわけじゃなく、一緒にコーヒーを飲もうという気になったってことさ」

「じゃ、『レナ』という店は」

「こいつの女房と娘がやってる」

「日本史の先生ですな。娘が申しておりました」

秋山が椅子《いす》を引いて腰を降ろした。

「美竜会に入っちまった生徒がいて、そいつを追ってまたひとり教え子が家出しちまった。なにがなんでも連れ戻す気で、この先生は東京から来たらしい」

「ほう」

「この街で、生まれてはじめての体験というやつを、いくつかしましたよ。殴られたり、切られたり、監禁されたり」

「あとは、撃たれるだけですな」

秋山が言って笑った。

コーヒーが運ばれてきた。『レナ』と同じ味のするコーヒーだった。この間のコーヒーとは、ちょっと違ったような気がする。なにか特別な淹《い》れ方をしているようだ。

「日本史は、どちらが御専門です？」

「中世海運史。あまり生産的な学問ではない、と友人たちには言われますが」

「日本が、海外と頻繁に往来するようになったのは、あのころの水軍からじゃないんですか？」

「頻繁という意味では」

「北九州の水軍が、中央からの独立性を持つようになっていますね」

「お詳しいですね。この街は、殴り合いのうまい人や、運転のうまい人ばかりだと思ってました。確かに元寇《げんこう》以来、北九州の水軍は、自分の防衛を自分でやる、という発想を持ちはじめたようです」

「よせよ、つまらん話は。それより、この先生は、俺に何度もドリフトをさせた。それも、チューン・アップしただけのカローラ・レビンでだ」

「おまえはこのところ、こらえ性がなくなってるそうだからな。坂井がそう言ってた。つい踏みこんで、尻《しり》を滑らせちまうんだろう」

「こらえ性根なんて、もとから俺にはあるもんか」

「こらえるところじゃ、ずいぶんこらえてきたさ、おまえもキドニーも」

宇野の名前が出た。私は、カップに残ったコーヒーを飲み干した。

「キドニーが、うちの訴訟をひとつしくじったよ」

「両者五分五分の痛み分けにしろ、とおまえが註文をつけたやつか」

「ホテルが、客に勝訴するというのも、考えものだ。ところが、全面勝利しちまったんだ。相手が愚劣ではあったが、そういうものに対するこらえ性根がなくなってる」

「もともと、人間の剝《む》き出しになった愚劣さには、我慢できん男だよ」

「それはわかってるが、俺は多少心配でね」

「やつは、俺が作ろうとしている飲食店組合を妨害するために、美竜会にいろいろと知恵をつけててな。そんなことをやってる間は、まだ大丈夫さ」

川中の口調からは、宇野との不仲は感じられなかった。むしろ、古い友人を思いやるような響きが言葉の中にある。

「歳《とし》だぜ、俺たちは。おまえやキドニーばかりじゃない。桜内も、なんとなくひとりでいるのがいいようになったようだし」

「家族に囲まれて、まっとうにやっているのは、おまえだけってわけか、秋山」

「俺はな、運がいいと思ってる。運がよすぎるよ」

「そのツケを、払いたいような気分になってるんじゃないのか、おまえ。どこかに、破滅型のところがある。俺やキドニーや桜内より、おまえが一番それを持ってるのかもしれん」

コーヒーの時間は終りだった。

私は邪魔な同席者だろう。二人の話を聞いていると、そう思えてくる。

「奢っていただきましたよ、川中さん」

私は腰をあげて言った。

「坂井に自慢するなよ、西尾。やつはむきになると、手がつけられん」

「わかりました」

「それから、家出少年についちゃ、キドニーに相談してみろ。やつなら、うまい方法を思いつくかもしれん」

「宇野さんに、ですか」

「そうさ、キドニーだ。やつは、若い愚かさなんてものについちゃ、一番無視するタイプだが、その実、心を動かされてもいるんだ」

「話したことは、あるんですよ。美竜会の顧問弁護士だし」

「若い愚かさっての、家出少年のことじゃないぞ。おまえのことさ」

言ってちょっと笑い、川中はまた秋山と別な話をはじめた。

私は駐車場へ歩いていき、黒いポルシェの横から車を出した。

暑い日だった。食事をすると、焚火《たきび》に薪《まき》でも放《ほう》りこんだように、いきなり躰の中で炎が燃えあがってくる気がする。

窓を全開にし、海沿いの道を街へむかった。どんなに暑くても、クーラーは好きになれない。クーラーをかけるのは、仕方なく人を乗せた時だけだ。

海沿いの道は、潮の匂《にお》いのする風が吹きこんできて、気持がよかった。風景の左側に海が拡《ひろ》がっているというのも、悪くない。

景色を眺めながら走るのは、はじめてのような気がした。私は周囲の車の流れに乗って、タコメーターなどには眼をやらず、のんびりと走った。

15 砂糖

パイプの煙が、部屋に満ちていた。

甘い、躰に絡みついてくるような匂いだ。おまけに部屋に冷房はなく、熱気までが全身を包みこむ。

「家出少年のことで、抗議にでも来たのか、西尾？」

「なんとなく、相談してみたくて、来たんですよ。それも、法律的な問題、というわけじゃなくてです。お知恵拝借というところかな」

「自分ひとりの考えじゃないな。川中あたりに勧められたか」

ちょっとびっくりするような、鋭さだった。顔色は悪く、むくんでいて、それをパイプの煙がさらにぼんやりと見せている。

「実は、そうです」

「俺に、仕事がないとでも思ってるのか、西尾？」

「そんなこと、知りませんよ。宇野さんが、弁護士としてどれだけ優秀なのかも、知りません。この街に来て、そんなことを知る時間なんかありませんでしたからね」

「俺は確かに、美竜会の顧問弁護士をやってる。美竜会は、ある段階までは、俺の言いなりだ。幹部全員が十年以上の懲役に行くだけの弱味をちゃんと握ってるしな」

「ある段階とは？」

「連中が、俺を殺そうと決心するところさ。心配するな。いまのところ、それほど対立しちゃいない。しかしいつか、俺を殺そうとするだろうな」

「なぜです？」

「俺が、やつらを潰《つぶ》そうとするからさ。川中さえ潰れちまえば、美竜会なんていうダニの集まりは、消えた方がいい」

「本気ですか？」

「やつらが殺そうと決心した時は、すでに遅いと俺は思ってる。やつらにとって、遅すぎるんだ。俺を殺す力もなくなってる」

「そうじゃなく、川中さんを潰すということです」

「冗談さ。俺が潰さなくても、川中は自分で潰れていくよ」

「鏡を見ているような気持が、しませんか？」

「皮肉は言うな、西尾。俺と川中が表裏だとか、陰と陽だとか、そんなものは聞き飽きた。みんなそう見るが、そうじゃないことは、俺と川中が一番よく知ってる」

私は煙草《たばこ》をくわえた。宇野の吐く煙の中では、私の吐く煙がどこへ流れていくのかさえわかりはしなかった。

「それで、川中に相談した結果、俺のところへ行け、と言われたわけか？」

「相談はしてませんよ。別れ際に、キドニーに話してみろ、と言われただけです」

「生徒が美竜会に入り、またもうひとり追うようにしてこの街に来てしまった。おまえが連れ戻したいのは、後から追ってきた方だ。その程度のことは、俺も知ってるぞ。坂井がよく、ここで話しこんでいくんでね」

「どんな話を、していくんです、坂井は？」

「無駄話さ。だから、おまえのことなんか恰好《かっこう》の話題だ。そんな話をしながら、あいつは法律の知識を身につけようとしている。もっとも、あいつが知りたがるのは、金にならん刑法関係だけだが。あいつがかわいがってる若造が、十人ばかりいてな。そいつらがなにかやらないように、あいつはいつも気を遣ってるってわけだ。そのあたりが、ひとりを好む下村との違いだな」

なんとなく、二人のその違いは私にもわかった。ただ、坂井が取り巻きを連れているのを見たことはない。兄貴風を吹かすタイプでもなさそうだ。

「十人ばかりの若造は、下手をすりゃ美竜会にでも入っちまいそうなやつらさ。それがみんな、坂井の下でなんとか踏みとどまってる。こんな話、学校の先生には興味があるんじゃないのか」

「いまのところ、教え子のことだけで精一杯でしてね」

事務員の女の子が、コーヒーを運んできた。香りなどほとんどないコーヒーだ。私はスプーンに四杯砂糖を入れ、甘ったるいだけの味にして飲んだ。

「うちのコーヒーを、ちゃんと飲もうとしてるのは、おまえだけだ、西尾」

「いけないいんですか？」

「いや、驚くべき鈍さだと思ってね。もっとも、砂糖を入れてほかの味をわからなくしちまうのは、確かに手だ」

「甘いものは、あまり好きじゃないいんですが」

宇野は、パイプの中を金属の棒で掻《か》き回し、灰皿に灰を落とした。煙の量に較《くら》べて、灰はひどく少ないように思える。

私はコーヒーを飲み干し、額の汗を拭《ぬぐ》った。宇野は、汗をかいているようには見えない。それでも、クーラーをかけている時より、体表からの水分の蒸発は多いだろう。そうやって、腎臓《じんぞう》の代りを少しでもさせようとしているのだろうか。

「話してみろ、西尾。うちのコーヒーを飲み干したのは、おまえが最初だ。だから、話を聞いてやる」

「俺の考えも、話せばはっきりと自分でわかるかもしれません」

私は煙草をくわえた。

それから、去年の秋の事件について喋《しゃべ》りはじめた。順を追って、細かいことも思い出しながら喋っていく。宇野は、火のついていないパイプをくわえ、黙って聞いていた。

喋り終えた時、私はやはりなにか足りない、と思った。高岸と吉山の間にも、なにか足りないし、私の心の中にもなにか足りない。

「教師として、おまえはこの街へ来たのか？」

しばらくして、宇野が言った。

「半分は、そのつもりです」

「残りの半分は？」

「人間として、なんて言い方は、宇野さんには青臭く聞えますか」

「青臭さにもよるさ。まあ、おまえが二人に対して、自責を感じているというのはわかった。当たり前の感情だろうと思う」

「行動に移すというのが、当たり前じゃない気がしますが」

「殴られたり、切られたりしたわけだしな。自責を、自分で免除してやるだけのものは、もう払ってる。それでも、まだやろうとしている。つまりおまえの意識の中には、なにか別のものがあるんだ。そして行動のほんとうの動機は、そこにあるのかもしれん」

「自分でも、最後の最後のところは、分析しきれていません」

「高岸と吉山の関係を、もっとよく認識することだ。それで、おまえの意識の中にある別のものも、見えてくる」

「精神分析医ですね、まるで」

　何本目かの煙草を、私は揉《も》み消した。

　宇野に喋ったことで、特に新しいものを見つけたわけではなかった。それでも、見えているものと見えないものが、いくらかはっきりしてきた気はする。

「臆病《おくびょう》なんですよ、俺は。自分でも情なくなるほど臆病なのに」

「思いこんでるだけさ。ほんとは、とんでもなく無鉄砲な男かもしれんぜ」

「また、小便を洩《も》らしますよ、多分」

「どうかな。小便を出す前に、思いきってパンチを出してみるんだな。なんでも、まずは自分の手でやってみることだ」

「ほんとに、そう思いますよ。つまり、なにもない時はね。大事なのは、肝腎《かんじん》な時に手が動くかどうかでしょう」

「自信がないのも、当たり前か」

宇野が、パイプに新しい煙草を詰めはじめた。丁寧に、まるで毀《こわ》れやすいものでも扱うように、慎重に詰めている。しばらくの間、私は宇野の手もとだけを見つめていた。

「女、かな」

宇野が、ひとり言のように言った。

「女が、どうしたんです？」

「男が意地を張る。ただ意地を張るだけじゃなく、なにかあるはずだ。二人の間に女がいて、それで意地を張り合っている、と考えると納得できてくる」

「子供ですよ、まだ」

「俺は年齢は信じないね。川中みたいに、四十を過ぎたガキもいるしな」

「女が、どんなふうに絡んでるんです」

「それまで、わかるわけないだろう。おまえは、少年の心の中の、大人が侵してはならないものを、職員会議という世間が侵し、それで二人は反社会的な情念にとりつかれてる、と言いたいんだろう。吉山の行動はともかく、高岸の行動の動機には、ちょっとインパクトが足りないな」

「吉山は、もともとああいう世界で生きていく人間だったのかもしれません。在学中のあいつを見ていても、アウトローの気配は濃厚に感じられましたしね。それに、吉山は結局は自分がやったことで退学になってる。高岸は、吉山がやった半分しかやってないとも言えるわけで」

「輪姦《りんかん》事件が、簡単に片付いたってのがどういうことか、俺は職業柄気になるね。あとで被害者が供述を翻すなら、一対一の強姦事件でも同じだったろう」

「輪姦が親告罪ではないので、最終的に警察がなにもしなかったというのは、なにもなかったのではないか、と俺も思いはしました。退学になった後のことでしたし、確認はしてません」

「被害者が供述を翻したあたりに、なにかありそうな気もする」

「アームチェア・ディテクティブですね、まるで」

パイプの煙を吐いている宇野を見て、私は言った。

「高岸は、鉄砲玉をやりそうな気配なのか」

「下村は、そう言ってました。俺が高岸に会った感じでは、それほど切迫しているとも思えませんでしたが」

「高岸がまた、なぜおまえに会いに来たかだな。わざわざ会う必要は、どこにもない。それが、今後の連絡まで約束していってる」

「こちらの、つまりまともな社会というやつと、完全に切れてしまうのに、多少の不安があるんでしょう。だから俺は多分、高岸が握りしめている、最後に残った糸みたいなもんだ、と思ってますよ」

「どうだろうな」

宇野が笑った。笑っても、川中のように人懐っこい表情にはならず、むしろ暗い内面を際立たせたような感じを私は受けた。

インターホン。電話が入ったらしいが、留守だ、と宇野は短く言っただけだった。

「女というのは、いままで考えてもみませんでした」

「たとえば、の話さ」

「としても、これからもちょっと考えにくいな」

「教師ってのは、教え子の生活のすべてを把握してるのかね」

「そう言われれば、絶対なんてことは、なにもなくなってしまう」

「まあいい。話はわかった。これからも、時々話をしに来るといい」

「あまり、嫌われなかったのかな、俺は」

「うちのコーヒーを、飲み干したからな」

私は、腰をあげた。宇野はもう、椅子の背を私にむけ、窓の方を見ていた。

外に出ると、私は車を転がして、『レナ』まで行った。砂糖が口に残って、気持が悪かったのだ。

めずらしく、『レナ』には客がいなかった。

「御主人に、お目にかかりましたよ」

カウンターに腰を降ろし、中の女に言った。女は、ちょっとほほえんで頷《うなず》いた。安見は、テラスのテーブルで本を読んでいて、私が入ってきた時にお辞儀をしただけだ。

「外で安見くんとちょっと喋ってもいいですか？」

「コーヒー、外にお持ちいたしますわ。それから、灰皿をお忘れなく」

私は腰をあげ、灰皿と水の入ったグラスを持って外へ出た。

「読書の邪魔をして悪いが」

「夏休みに、読まなきゃならないものなんです。夏休みじゅうに読めばいいんだけど」

「読書感想文か」

「ほんと、いやになっちゃいますよ。あたし翻訳小説は嫌いなのに」

背表紙を見ると、私の知っているミステリー作家のものだったが、その本は読んでいなかった。

テラスにいると、波の音がよく聞えた。夕方は陽陰《ひかげ》になるらしく、風が通って心地のいい場所だ。松の騒ぐ音も時々聞える。

「安見くん、ボーイフレンドは？」

「ひとりだけ」

私の顔を見て、安見がちょっと首を傾《かし》げた。私は煙草に火をつけた。

「男の子だから、意地を張ることもあるだろうね」

「とても。男の子だからってわけじゃないと思うけど」

「君のために、彼は意地を張るかい？」

「時と場合によると思うけど。それに、どんな意地の張り方かってこともあるし」

「難しいな、男の子も」

「男の子であろうと思えばね。そんなこと考えないタイプが多いわ。家出した子って、意地を張ってやっちゃったんですか」

「わからないな。大人に対する意地は、確かにあったと思う」

「恰好いいわ」

「そうかな」

「大人に意地張っても、結局は丸めこまれると思ってる、男の子の方がずっと多いわ。大人には、逆らったりしない方がいいんです。表面的には逆らわずに、かげで好きなことをやる。それが利巧ってことでしょう。あたしは、あまり好きじゃないけど」

「君のボーイフレンドは、これに触れられると怒るってものがあるかい？」

「それ、物とかじゃなく、心の問題ってことですね。それならあるわ。負けたことについて、なにか言うと怒るし、怕《こわ》がってるなんて言うと、絶対に怕がってないというところを見せようとするし。でも、少ないタイプですね。怕い時は、女の子と一緒に怕がる、という男の子の方がずっと多いと思います」

「君は、意地を張るタイプが好きか？」

「変ってる、と言われることもあります。いろいろと、気を遣ってあげなくちゃなんないし、面倒だろうって」

安見が、白い歯を見せて笑った。

母親の方が、コーヒーを運んできた。宇野の事務所のコーヒーと較べると、さすがに香りがいい。

私は、スプーンに一杯だけ、砂糖を入れた。

16　木刀

吉山が電話をしてきたのは、八時を回ったころだった。

「すぐそばまで来てんですが、会いに行ってもかまわねえですか？」

私はいいと答え、ホテルの最上階のバーを指定した。『ブラディ・ドール』へ行こうとしていたところだったが、遅くなってからでもいいし、明日もある。

坂井や下村と、一日に一度は顔を合わせないと気が済まなくなっている自分が、なんとなくおかしかった。友だちになったような感じがあり、こういう種類の男たちと友だちになるのは、はじめてだという思いがある。いままでは、教師仲間か、大学の研究室でともに中世史をやった仲間の中にしか、友だちと呼べる人間はいなかった。

最上階のバーの、窓際の席に私は腰を降ろしていた。入ってきたのは、吉山ひとりだ。

吉山は丁寧にお辞儀をすると、私とむき合って腰を降ろした。

顔の腫《は》れはほとんどひいて、痣《あざ》だけがテーブルのローソクの照明で、時々鮮やかに浮かびあがって見えた。

「十七歳だったというのが事務所で知れ渡りましてね。親分《おやじ》さんの雷が落ちました。酒場の方の仕事はやめて、事務所でつまんねえ仕事をすることになりまして」

「俺に、会いに来たりしていいのか」

「そりゃ、先生のとこで、もっと勉強してこいと言われてます。親分《おやじ》さんは、俺が高校を中退しちまってるのが、気に入らねえんですよ。これからは、やくざだって学がいるんだそうです。金山の兄貴は違う考えなんですが、親分《おやじ》さんの考えが第一にあるわけだし」

「おまえの考えは？」

「高校程度を出てて、学があるって言えるんでしょうか。先生ぐらいになりゃ、学で身を立てるということになるんでしょうがね」

私は水割りを頼み、吉山はビールを頼んでいた。吉山が飲むことは、法律では禁止されている。ただそれは形式上のことで、きちんとスーツを着てネクタイを締めた吉山は、私が見ても未成年とは思えなかった。事実、私などよりずっと大きな苦労を、美竜会ではしているのかもしれない。

「変な感じですよ。先生と、こんなとこで飲んでんですから」

「学校にいたころから、おまえは飲んでたんだろう。親や教師に隠れてな。それと較べると、いまはずっと健全な姿だと言ってもいい」

「つまり、認めていただいてるわけですね」

吉山が、にやりと笑った。どこか、好きになれない。そんなものが、この男には付きまとっている。在学していたころから、そうだった。単に好悪の問題なのか、普通の感覚では馴染《なじ》めないなにかがあるのか。ほかの不良生徒には、感じないものだった。

「俺、なんとなく先生を見直しましたよ」

「いまさら見直されてもな。それに、この街に来てからは、みっともないことばかりだ」

「自分で思ってるほど、みっともなくはねえですよ。むしろ逆だな。先生が担任でいてくれたら、俺もおかしなことにゃならなかったって気がするぐらいです」

取って付けたようなお世辞だ、という気がした。そういうお世辞が、この男には妙に身についたところがある。

吉山がなぜ私に会いにきたのか、考えてみる気も起きなかった。一本目のビールを飲み干し、二本目を頼んだ時は、たかられているような気持まで襲ってきた。

「ところで、高岸がどうしてるか、知ってますか？」

　ほんとうに、知らなかった。午後六時に、部屋に電話が入ったが、私の状態を訊《き》いただけで、自分のことは喋らなかった。

「いや」

「俺に、訊こうとはしませんね」

「訊けば、答えられるのか、おまえ？」

「言えませんね」

「それがわかったから、訊かないだけさ」

「捜して、連れ帰るんでしょう？」

「そのつもりだ」

「無理ですよ」

「それを言うために、おまえは俺を訪ねてきたのか？」

「そう思ったから、言っただけですよ」

　吉山が、スーツのポケットから煙草を出した。くわえ方。火のつけ方。すべて、吉山の方が私よりずっと様になっている。

「吉山、おまえ、彼女は？」

「そりゃ、女《スケ》のひとりぐらいなら」

「東京にいた時の話だ」

「まあ、俺に見合った不良の女子高生と、付き合っちゃいましたが」

「東京を出る時、別れたのか？」

「そりゃ、この街へ来たって、どうなるかわかったもんじゃなかったし、女《スケ》なんていつも邪魔なだけですよ」

「いまの彼女は、なにをしてる？」

「店で、働いてますよ。どこの店なのか言ったりすると、また先生が行きかねねえんで、言いませんけどね。十九で、まあこんなことにはむいたやつです」

「一緒に、暮してるのか？」

「俺のねぐらは、そこってことになるんでしょうが、週に二日か三日しか帰りません」

「日吉町のどこかだな」

「東京のダチに、一度電話したからな。アパートの名前まで言わなくてよかった」

吉山は、二本目のビールも飲み干していた。店がどういう店なのかはわからないが、吉山は多分自分の恋人に食わせて貰《もら》っているのだろう。

やくざの三ン下がそんなものだ、という見当はつく。別荘に住まわされていた高岸は、やはり別のことに使われようとしている、としか思えない。

「高岸は、自分から美竜会に入ると言ってきたのか？」

「俺を訪ねてきただけですよ。去年、俺が退学になったことを、ひどく気に病んでて。俺は忘れかけてたんですけどね。やつは、ひとりで気にしてました。俺がひとりで、すべてをひっ被《かぶ》って退学になったわけだから。もともとやめるつもりの学校だった、と言っても納得しやがらねえですよ。この街にいるかぎり、多少の世話はしてやるしかねえ。それでも、俺みてえに、美竜会の構成員ってわけじゃねえです」

吉山が、片手をあげてボーイを呼び、三本目のビールを註文した。私も、水割りのお代りを頼んだ。

「東京の組織が、この街を窺《うかが》ってるって？」

「東京だけじゃねえです。大阪も神戸もですね。この街にゃ、美竜会ひとつしかなくて、それもせいぜい六十人ってとこです。四百はいても、おかしくないとこですからね。先生だって、その連中の手先だと思われたんですぜ。川中の旦那《だんな》のとこと関係あるとわかってりゃ、俺だっておかしな警戒はしませんでしたよ」

「金山って人が、実質的なリーダーか？」

リーダーという言葉がおかしかったらしく、吉山は口もとを歪《ゆが》めて笑った。

「金山の兄貴が、これから引っ張っていくんでしょうね。飲食店関係にもっと食いこもうってんでしょうが、川中の旦那が組合なんか作るってんで、ちょっと睨《にら》み合ってる感じですね。川中の旦那は、俺らを人間扱いしようとはしませんから」

「おまえらのとこには、宇野って弁護士がついてるじゃないか」

「まあ、いざって時には、頼りになる人です。気紛《きまぐ》れだって話だけど」

「おまえはこれから、美竜会でのしあがっていこうというのか？」

「先生から見りゃ、道を踏みはずしてるように見えるでしょうが、俺はこれでいいんですよ。もともと、実の親父《おやじ》ってのも、やくざだったらしくてね。おふくろが、俺にそっと教えてくれたことがあります。肩から背中に、でかい不動明王とかいうのが彫ってあったって」

「おまえは」

「顔も知らねえんですよ。俺が五つの時、死んだらしいですけどね。それからおふくろは、いまの男をつかまえたんですよ。おふくろにベタベタに惚《ほ》れたらしくってね」

「いくつだ？」

「おふくろはいま三十七で、男の方はもう六十一ですよ。くたばっちまえば遺産が入るから、まあおふくろはいい人生でしょう」

いい人生という言い方が、妙に子供っぽく聞えた。吉山のおふくろは、子供にそう言うことで、自分のなにかを納得させていたのかもしれない。

「先生、結婚はしたんですか。確か独身でしたよね」

「嫁さんがいて、こんな街で痣だらけになってると思うか」

「そうですよね」

それから吉山は、この街の女たちの話をはじめた。吉山の母親はこの街の出身で、再婚の相手もやはりこの街の出身らしい。出会ったのもこの街で、吉山は十歳の時に東京に出ていったのだ。

吉山の話を聞きながら、私は三か月前に別れた女のことを思い出していた。横浜の中学の、英語の教師だった。結婚するのがいやで、別れたようなものだ。ほんとうには、好きではなかったということなのか。

窓に、私の顔が映っていた。見知らぬ男、という感じもある。

「先生、どうかしましたか？」

「いや、別に」

「俺、そろそろ失礼しますよ」

吉山が、時計に眼をやって言った。電話があってから、ちょうど一時間というところだ。

「ここの、勘定は？」

「いいさ、俺が奢るよ」

「そいつはどうも。この次は、俺が奢らせて貰いますから」

吉山が腰をあげ、頭を下げて出ていった。

私はまた、窓ガラスに映った自分の姿に眼をやった。そうやって自分と見つめ合いながら、二杯目の水割りをチビチビと飲み、空になると腰をあげた。

部屋へ帰らず、そのまま外へ出た。

タクシーをつかまえる。この街には流しのタクシーはあまりいなくて、乗り場で待っているものの方が多いようだ。

急ブレーキがかかった。

路地から、いきなり人が飛び出してきたようだ。そのひとりを追って、木刀を振りあげた三人が現われた。あっという間だった。飛び出してきたひとりは、藁人形《わら》のように滅多打ちにされた。肉が裂け、骨が砕ける音が、車内にまで聞えてきそうだった。

「ひえっ、死んじまうぞ、ありゃ」

運転手が叫んだ。

車が突っこんできて、殴っている三人を拾いあげて走り去った。運転していた男。淡いブルーのスーツにネクタイ。吉山の横顔だ、と思った。確かめる前に、車は走り去っていた。

「動きませんよ、お客さん。ほんとに、死んだんじゃないでしょうかね」

運転手の声がふるえている。

「暴力団の抗争だな、こりゃ。人間があんなに殴られるの、あたしははじめて見ましたね」

「行こうよ」

「警察に知らせなくても、いいですかね？」

「いいんじゃないか。野次馬も集まってきたし、暴力団の抗争だったとしたら、証言するのも怕いじゃないか」

「まったくだ、行きましょう。車のすぐ前でしたんでね。五メートルぐらいしか、離れてねえや」

私が見たところ、十メートルは離れていた。そんなことは、どうでもよかった。あの車を運転していたのは、吉山だったのか。それだけを、私は考えていた。

17　子守唄《こもりうた》

ピアノが聞えていた。

下村の姿はなく、タキシードを着た別の男がいた。ボックス席の方へ私を案内しようとしたが、坂井がなにか合図をしたようだ。

カウンターに案内された。私はスツールに腰を降ろし、おしぼりで顔を拭った。眼鏡をかけていなかった。吉山の顔をはっきり確かめられなかったのは、そのせいでもある。

「下村は？」

「休みだよ」

「めずらしい、のかな？」

「まあな」

坂井は、バーボンのストレートを私の前に置いた。

「註文してないぞ」

「一杯だけ、社長の奢りだ。おまえが来たら、飲ませろって言われてる。つまり社長と会って、奢られるようなことを、なにかしたってわけか？」

バトルをやった。そう言えば、坂井はフェラーリとやろうと言い出すかもしれない。この街に来たばかりの私だったら、フェラーリをかわすことの快感に、抗《あらが》いきれなかっただろう。いまは、自分から進んでやろうという気は起きてこない。

「ここへ来る途中で、すごい殴り合いを見たよ。いや、殴り合いじゃないな。ひとりを追いかけまわし、木刀で滅多打ちだった。かなりの重傷だな。下手をすると、内臓破裂で死んでる。桜内さんのとこが、繁盛しそうな雲行だよ」

「ふうん。東京の連中が、何人か入ってきたって噂《うわさ》は、ほんとだったんだな」

坂井は相変らず、腹話術のように、ほとんど唇を動かさない喋り方をしている。店でプライベートな話をする時は、やり方を決めてしまっているようだ。

川中からの奢りのバーボンを、私は口に放りこんだ。

「もう一杯だ」

「かしこまりました」

坂井の口調が変った。これからさきは、客というわけか。つまらないことに、こだわる男だ。私は坂井に背をむけ、ピアノの方を見た。初老のピアニスト。アップライトの、凝った彫刻が施されたピアノ。なにかものがなしいような、心のどこかがむず痒《がゆ》くなるようなスローテンポの曲が、囁《ささや》きかけるように流れてくる。悪くなかった。音楽について、詳しいことを調べたことなどないが、好きか嫌いかだけはある。

隣りのスツールに、誰か腰を降ろす気配があった。宇野だった。

「ここで飲むことが、あるんですか？」

「俺が飲んじゃ、悪いような言い方だな。川中は好かんが、沢村明敏《さわむらあきとし》は好きでね」

宇野が、パイプの煙を吐いた。いつの間にか、宇野の前にはショットグラスのウイスキーが置かれていた。舐《な》めるように、宇野はそれに口をつけた。

「沢村明敏を知らんのか。結構名が売れたジャズピアニストなんだがな」

「歴史を、頭に詰めこみすぎましてね」

「ほかのものが入る余地はないのか。過去だけが頭に詰っている男。そんなやつが、人間にいまわしい記憶を思い起こさせてくれると、世の中はいくらかましになる」

「記憶と歴史は、違いましてね」

「そこだな。おまえの弱点は。主観から客観を構成しようとする。主観は主観のままでいい。主観の集積が、記憶という人間にとっては本質的には歴史かもしれないものを、形成していくんだよ」

「夜になると、話が難しくなりますね、宇野さん」

「俺は、沢村明敏が好きだ、と言ってるだけだ」

「率直におなりです。以前は、好きだなどという言葉は、間違っても口にはされませんでした」

坂井が口を挟む。宇野は、坂井の方を見て、ちょっと苦笑しただけだった。

「実は、吉山が宵の口に俺を訪ねてきましてね。一時間ほど、飲んでいきました。それからしばらくして、路上で暴力事件を目撃しましてね。襲撃側の三人を、車で拾いあげていったのが、吉山だったような気がするんです」

「吉山さ。東京から来た連中が五人、『シティホテル』に入った。美竜会じゃ、三人ばかり中に入れたようだ。つまり見張りさ。外じゃ、二十人近く待機してたろう」

「つまり俺は」

「東京の連中だって、警戒はしてる。ひとりで見張るより、まともそうなのがいた方が怪しまれずに済むからな。カモフラージュに使われたんだ。東京の連中は偵察隊に過ぎないんだが、美竜会はできるだけ派手にやるつもりらしい」

最上階のバーに、どんな客がいたのか、私は思い出そうとした。ほとんど、見ていなかったと言っていい。私が見ていたのは、ガラスに映った自分の姿だけだ。

「吉山が、根っからのやくざ者だって気がすると言ってたのは、おまえだろう。やくざなら、物好きな教師をちょっと利用するぐらい、なんでもないさ」

そうなのかもしれない、といまは思える。だからといって、腹は立たなかった。利用された私が、馬鹿だというだけの話だ。

「それにしても、宇野さんの情報は早いですね」

「情報など、その気になればいくらでも集められる。問題は、それをどう分析していくかってことだ。ただ高岸を連れ戻せばいいと考えてるおまえには、関係ないことかもしれんが」

「緻密《ちみつ》な宇野さんも、時折認識の間違いをするんですね。俺は、高岸を連れ帰ればいい、と思ってるわけじゃありませんよ。義務と仕事が絡んだものとして、やろうとしてるんじゃないんです。俺は、高岸を連れ帰りたいんだ。むしろ、俺自身の欲望とか願望とかに近い、と言ってもいいんです」

「なるほど。だから、理屈もいらないってわけだ。まして、教師としての義務感など」

「だから街に腰を落ちつけることにしたんですよ。俺は高岸に勝って、黙っていても帰るというようにしたいんです」

「それは、この街に来て、いろいろな目に遭って、それで考えはじめたことだな」

「いけませんか。人間の考えなんて、そういうもんでしょう」

「悪くはない。ただ、そういう心情で関《かかわ》ってこられる高岸が、迷惑だろうな、と思うだけだよ」

宇野がちょっと笑い、ウイスキーを舐めた。私も、グラスのウイスキーを口に放りこんだ。躰の痛みなどもうどこかに消えていて、テーピングをした肋骨《ろっこつ》が、わずかに疼《うず》くだけだ。

ボックスの席は、ほとんど満席だった。ピアノの音の合間に、大声が飛び交ったりもしている。それでも、ほんとうに柄の悪い客の姿はなかった。

軽いタッチのピアノが続いている。私はまた、ピアノの音に耳を傾けた。

なぜ女と別れたのか。ふと考えた。結婚というものがいやで、それはそのさきに予想される家庭というものの煩《わずらわ》しさから来ているのか、とも思う。そうではないような気もする。好きだが、身も世もないほど好きというわけでもない、という相手が結婚を望んだとして、簡単に受け入れてもいいものなのか。

つまり、結婚というものを、難しく考えはじめた。だから実行できなくなった。それだけのことだ。

ピアノが、聴き憶《おぼ》えのある曲に変った。曲名は思い出せない。

なにか明るいが、その明るさは暗さゆえに際立っている。そんな感じのする曲だった。宇野が、じっと眼を閉じて聴いていた。眼の光を失った顔は、はっとするほど暗い。

私は煙草に火をつけ、新しく注《つ》がれたウイスキーを飲み干した。じっと聴いていられないような、切なさ。それが、曲が私に運んでくるものか、隣りで眼を閉じている宇野の存在のためか、よくわからなかった。

曲が終っても、拍手ひとつ起きなかった。

立ちあがったピアニストは、ちょっと自分の手を見つめ、それからカウンターの方へ歩いてきた。

「ソルティ・ドッグだ、坂井」

宇野が言った。

ピアニストは、自分の前にソルティ・ドッグが置かれるまで、ただじっと待っていた。

スノースタイルのグラス。坂井の手際は見事なものだった。

「疲れてるね、キドニー」

ピアニストの声は、ピアノの音よりも低く、もの静かだった。

「そう見えますか?」

「躰のことじゃないよ」

「眠りたいな。そう思うことがあります。睡眠というんじゃなく、死ぬというのでもない。

ただじっと眠りたい」

「だからさ」

「あの子守唄は、決して俺を眠らせたりはしませんよ」

「だから、眠らせまいとして弾いた」

「意地が悪くなってるな、沢村さんも」

「君ほどじゃない」

ソルティ・ドッグを、ピアニストはふた口で空けた。

「もう一杯、いかがですか？」

「一杯目ほど、うまくない。それが最近わかってきてね」

「生き直そうと思った人生は、愉《たの》しくないのと同じですか」

「この街の連中は、なんでも人生に結びつけるのが好きだな」

「沢村さんも、この街の人間ですよ。そしていつも、自分の人生を弾くつもりで、ピアノを弾いてる。言葉か音か、の違いだけじゃないですか」

「君と話してると、頭の中を掻き回されるな」

ピアニストが立ちあがり、軽く片手を振って店の奥へ消えていった。

「あれ、子守唄だったんですか？」

「そうだ。『サマー・タイム』という。俺を眼醒《めざ》めさせたい時、沢村さんはあれを弾く。どうやら、そういうつもりらしい」

宇野がパイプの煙を撒《ま》き散らし、それから腰をあげた。

「ほとんど、飲まないんだな、あの人。その酒はなんだい？」

「ジャック・ダニエルでございます」

「勘弁してくれよ」

「店の中では、人に聞かれることがありますので、この言葉遣いを改める気はありません」

「腹話術を、やればいいだろう」

坂井が、口もとだけで笑った。

私は肩を竦《すく》め、通りかかったマネージャーに勘定を頼んだ。

「お気をつけて」

「なんに？」

「なんとなく。みんな殺気立っておりますから」

「美竜会の連中だけだろう」

私は外に出、ズボンのポケットに手を入れて歩いた。まだ、人通りが絶える時間ではない。

それほど暑くはなかった。風に当たりながら、『シティホテル』まで歩いていこうと思った。もっと飲みたいという気持がどこかにあるが、飲めば肋骨の疼きはひどくなるだろう。そして代りに、なにかから逃れるということになる。いま、そうしたくはなかった。

めずらしく、流しの空車が近づいてきて速度を落とし、それから走り去っていった。

18 手

午前十時に眼醒め、熱いシャワーを使い、髭《ひげ》を当たった。

ぐっすりと眠ったようだ。躰は、熱い湯でようやく眼醒めはじめた。

下のレストランで、朝と昼を兼ねた食事をし、その足でデパートまで歩いていった。裏が桜内の診療室のあるビルだ。昨夜の怪我人《けがにん》が運びこまれたのかどうか、ちょっと気になったが、覗《のぞ》くのはやめにした。あそこを覗くのは、自分の怪我の治療の時だけでいい。

デパートで水泳パンツを買い、ホテルに戻ると車を出した。

海沿いの道を走り、『レナ』の前を通りすぎ、海水浴場のある場所まで走ってきた。

駐車場付きの、海の家に入る。

夕方まで、泳いで過そうと思った。スポーツは大抵駄目だが、水泳だけは幼いころから父親に教えこまれた。水泳ができなければ、危険なことがあるという理由でだ。

軽く躰を動かし、海へ入った。ビーチはかなりの人出だが、海へ入り、海水に全身を包まれると、すべての喧噪《けんそう》が遠くなった。

肋骨のテーピングは、もうとっていた。ホテルへ戻ってから、自分でテーピングし直せばいい。クロールでは脇腹《わきばら》が痛んだが、ゆっくりと横泳ぎをしているだけなら、どうということもなかった。

すぐに、遊泳区域を表わした浮標《ブイ》のところに着いた。仰むけになり、水で浮いてじっとしていた。空に吸いこまれていきそうな気分が襲ってきて、私はそれを消すために眼を閉じた。すると、自分の躰がひどく頼りなく揺れているような気がしてくる。

浜にむかって泳ぎ、沖の浮標《ブイ》まで引き返してきた。それを二度くり返す。呼吸が乱れはじめていた。

また、仰むけに浮かんだ。自分の呼吸の荒さと、鼓動だけが聞えてくる。陽《ひ》の光は強かったが、水の中にいる私がそれを感じるのは、顔だけだった。

同じことを何度かくり返し、浜にあがると、海の家のシャワー室で真水を浴びた。全部合わせると、どれほどの距離を泳いだのかはわからない。全身に、心地よい疲れがあった。

車を出し、海沿いを走り、『レナ』に寄った。

「ここのコーヒーが、うまいんだということが、なんとなくわかってきましたよ」

カウンターに腰を降ろし、私は言った。

安見は、鼻の頭に汗を浮かべて、テーブルを拭《ふ》いている。

「家出してきたという男の子、見つかりまして？」

「見つかったといえば、見つかったのかな」

「帰るのがいやだ、と言ったんですね。娘が、気にしておりまして。高校三年といえば、同い年ですし」

「家出をしたことがあるんですか、安見くんは？」

「親よりも、しっかりしておりますの。家出の危険は、父親やあたしの方にありますわ」

「秋山さんにも、ホテルでお目にかかりましたよ」

「あのホテルが、小さくなってきてますの」

「充分だ、と思いましたがね」

「あの人を、閉じこめておく檻《おり》としては、もう小さいんです」

なんと答えていいかわからず、私はちょっと肩を竦めた。

「家出少年は？」

安見が、テーブルを拭いて戻ってくると、私のそばに腰を降ろした。鼻の頭には、汗をかいたままだ。

「うちの学校に、家出をした生徒を捜しに行く先生なんかいないな」

「教師だから、やってるんじゃない」

「じゃなんで？」

「よくわからんが、教師だからやってるんじゃないと思う」

私は煙草に火をつけた。安見が灰皿を私の前に置いた。

コーヒー豆を煎《い》る匂いが漂ってきた。陶器のフライパンのようなものを使っているようだ。それからピンセットで薄皮を除き、挽《ひ》き、ようやくサイフォンを使いはじめる。凝ったやり方だが、一杯のコーヒーに、あまりに時間がかかりすぎるような気もする。

「でも先生、顔が変ってきましたよね」

「そりゃ、あちこちぶっつけたからな」

「そんなんじゃなく、眼の光とか」

「人間は、そんなに簡単に変ったりしないよ」

「そうかな。あたしは、変ると思います。みんな、自分のほんとの姿がわかるところまで、生きてはいないし」

「そうなのかな」

「あたし、こんなこと言うから、生意気だって言われるのかしら、坂井さんに」

「下村とか、坂井とか、桜内さんだとか、川中さんや宇野さん。この街に来て知り合った人たちだがね。それぞれに個性があって、実に面白いね」

「おかしな人ばかりと、知り合いになったんですよ。その五人は、この街で上から五番目までに数えられる変人。ほかに沢村先生だとか遠山《とおやま》先生だとか、土崎さんだとか、うちのパパ。女では、山根さんとかうちのママ。変人ベストテンの有力候補だわ」

「安心したよ。この街で俺は変った人とばかり会ったってわけだ。一時は、街全部がおかしいのかと思った」

「先生、似た人と会ったんですよ。こんなに人間がいるけど、なんとなく似たところのある人間と知り合いになってしまう。そんなもんじゃありませんか？」

「そう言われると、そんな気もしてくる」

コーヒーが出てきた。いい香りだった。私は砂糖をスプーン一杯だけ入れた。泳いだせいか、躰が甘いものを求めているが、それ以上砂糖を入れると、香りが台無しになりそうだった。

「みんな、男、男って言う人ばっかりなんですよ。言わないまでも、自分は男だって、心の底で思ってるの。それで怪我したり、死んだり。あたしも、一度ぐらい女だって言ってやろうかしら」

「嫌いじゃないんだろう、そんなの」

「男だって言わないともの足りないし、どこか変なんですよね。あたしも」

私は、自分が男であることに、こだわっているだろうか。それとも、別なものにこだわっているのだろうか。

この街へ来て、高岸を連れ帰ろうと思った時、何日もいることになるなど、考えてもいなかった。見つけ出して叱《しか》り飛ばせば、大人しく戻ってくると思っていたのだ。

私が想像していたより、吉山も高岸も、ずっと厳しい大人の世界にいたということなのか。

客が三人入ってきた。安見が腰をあげた。私はカップに半分ほど残ったコーヒーを、ひと息で飲み干した。その後で、念入りに淹れられたコーヒーを、そんなふうに飲んでもいいのかと思ったが、自分の勝手だという気もした。その時飲みたいように、飲めばいい。

店を出ると、私は海沿いの道を街へ戻り、『シティホテル』の駐車場に車を入れた。ロビーに入ったところで、吉山に出会った。スーツとネクタイ姿で、顔の痣はかなり消えている。私を待っていたわけではないらしく、ロビーの椅子に若い男が二人いた。

「きのうは、どうも、先生」

吉山が、手を出してきた。なんとなく、私はそれを握り返した。吉山の手に、絡みつくような力が籠《こ》められてきた。

「背広を着てると、勤め人って感じだな」

手を引き、私は言った。

「まあ、勤め人ですよ。まともな会社だと、世間じゃ見てくれねえですが」

「そんなもんか」

「俺は、これでいいと思ってんです」

「きのう、騒ぎがあったって話だが」

「抗争ですよ。東京の組織が、この街を狙《ねら》ってんです。俺ら、躰を張ってそれを追い返すしかねえですから。でなけりゃ、俺らが潰れるんです」

「十七歳のおまえが、躰を張るのか？」

「歳なんて、関係ねえですね。食うか食われるかって時、十七歳だから食わねえでくれ、なんて言ってられねえですよ」

昨夜より、どこか私に対する態度がふてぶてしかった。それを不愉快とも思わない。違う世界に行った。そんな気がするだけだ。

「また、飲みましょうよ、先生」

「そうだな」

「高岸の話、なしですからね」

「俺は、高岸を連れ戻すために、おまえとも付き合ってるんだ。それを忘れるな」

「また、そんな。俺と、酒だけの付き合いをしてくれてもいいじゃねえですか」

「用事がないかぎり、やくざと付き合おうって気はないんだ」

眼が合った。すぐに、吉山は笑いはじめた。私はそれを無視して、エレベーターに乗った。

バスタブに湯を張り、躰を沈めた。午後の数時間、太陽に当たっていただけだが、全身の肌がヒリつくように焼けている。

髪を洗い、髭を当たった。

腰にバスタオルを巻いた恰好で、ビールを一本飲む。六時近くになっているが、外はまだ明るかった。

電話が鳴った。

「高岸か」

「どうも。毎日のように、申し訳ないです」

「元気がないな」

「そんなこと、ないですが」

「いや、元気がない。俺には、そう感じられる。もっと、元気をなくせよ。ひとりじゃどうにもならなくて、俺が必要だというところまで、元気をなくせ」

「先生、いつまでこの街にいますか?」

「おまえが、帰ると言うまでさ」

「なぜです?」

「そう決めたからだ」

しばらく、沈黙があった。私は煙草に火をつけた。肌のヒリつきは、収まらない。風呂に入ったのがよくないらしく、全身が火照ったようにもなっていた。

「まだ決めてないんですが、場合によっては、俺、そっちへ行ってもいいですか?」

「どういう意味だ?」

「なんとなく、怖い雰囲気になってきて」

「抗争をしてるそうだな、東京の組織と。さっき、下で吉山とも会ったよ。躰を張って追い返す、と言ってた」

「吉山は、度胸が据っててんですよ」

「俺にはそうは見えないがね。おまえがここへ来たいというのは、美竜会から抜けたいということか？」

「俺はまだ、正式に美竜会に入ったわけじゃないです。ただ、いくらか世話にはなりました。出る時には、きちんと挨拶をしなけりゃならないと思うんです」

「やくざの挨拶というのは、指を詰めることじゃないのか？」

「俺、まだやくざじゃないです」

「むこうは、そうは取らんさ」

「とにかく、俺は金山さんに話してみようと思ってるんです。ほんとうは、美竜会はいま、一番人が必要なんだそうですが」

「難しいぞ。無理押しはするな。場合によっちゃ、宇野という、美竜会の顧問弁護士に頼んでもいいんだ」

「金山さんは、そんな無理を言う人じゃないと思ってます。特に、先生には迷惑をかけたわけだし。借りだと思ってますから」

「誰が、やくざに貸したりするか。金山という男が間違いだったというなら、俺が殴られたのは、事故みたいなものだったと思うさ」

「もうちょっと、考えてみます、俺」

「時間は、あまりないぞ。美竜会は、東京の組織と抗争をはじめちまってるんだ」

「わかってます。だから、先生がいつまでこの街にいるか、訊いたんです」

「わかった。待ってるからな」

私の方から、電話を切った。なにかが開けたのかどうか、よくわからなかった。

私は服を着こみ、食事のために街へ出ていった。

19　少女

下村はいたが、坂井はいなかった。

カウンターの中のバーテンは、見知らぬ顔である。交代で休みを取っている、ということなのか。ピアニストも、まだ出てきていない。客はひと組だけで、店の中はひっそりとしていた。

「川中エンタープライズは、酒場だけでも四軒持っていてね。増えたり減ったりしているが、それは社長の趣味に合うか合わないかってことだよ」

下村が、そばへ来て言った。七時半を回ったところだ。客が少なくて、下村も手持ち無《ぶ》沙汰《さた》なのだろう。

「君は、坂井みたいに馬鹿丁寧な口を利かないんで、助かるよ」

「利くさ。なにか飲み物を註文すればな。いまのところ、おまえは腰を降ろしただけで、うちじゃそれじゃ金を取らん」

「註文したら、客ってわけか」

「まあ、おまえの扱いは、俺がそうすることに決めた」

私は煙草に火をつけた。バーテンが灰皿を出してくる。

「あとで、話があるんだがな、西尾」

灰皿だけでは、客にならないようだ。

「あとっていうと？」

「早い方がいい」

「じゃ、いまだ。一杯やろうと思ったが、やめにするよ」

私は腰をあげた。下村が、ボーイをひとり呼んでなにか言いつけた。

裏口から、外に出た。黒いスカイラインが置いてあるが、下村はそれに乗ろうとはしなかった。義手の指に煙草を挟み、火をつける。

「実は、今日の夕方、女の子がひとり会社へ来てな。就職の面接さ。たまたま、坂井も俺もいた。そして同じことを考えた」

「ふうん」

街灯を背にしているので、下村の表情はよくわからなかった。

「つまり、東京からの家出少女だ。いつもなら断るだけなんだが」

「どういうことだい」

「気になったから、ある店に預けてある。うちの店さ。ちょっと、その女の子と会ってみないか」

「わかった」

坂井も気にしたというから、二人ともその少女を私に会わせたがっている、と考えていいだろう。そして私が会うとするなら、吉山か高岸に関係ある少女でしかないはずだ。

「どこへ行けばいい？」

「いま、ボーイに案内させる。はじめから、教師ってことにはしない方がいいと思う。川中エンタープライズの人事係とでも言っておくんだな。俺や坂井の名前は、適当に使ってくれ」

「最後まで、高岸や吉山の名前は出さない方がいいのか？」

「はじめだけさ。警戒すると、喋らないぞ。逃げ出そうとしても、こちらに引き止めておく権利はないし。そのあたりを、うまくやれってことさ」

ボーイがやってきて、私に軽く頭を下げた。下村は、ちょっと頷いて店の中に消えた。

歩いて三、四分ぐらいのものだった。

ビルのワンフロアを、全部使った広い店だった。マネージャーらしい男は、昨夜『ブラディ・ドール』で客を案内していた。私の顔はすぐにわかったらしく、女の子の控室のようなところに連れていかれた。

長い髪にTシャツでショートパンツ。海水浴にでも来たような恰好だった。

「川中エンタープライズの、人事係の西尾です」

女の子が立ちあがり、緊張したような表情でお辞儀をした。

「掛けてください。田部《たべ》みゆきさんね」

テーブルに置いてある書類を見て、私は言った。十九歳と書いてあるが、多分、十七ぐらいだろう。まず、眉《まゆ》を見てみる。眉をいじっているかどうか。それで日頃化粧をしているかどうかが、かなりの確率でわかる。そのあたりは、教師の経験からくるものだった。

「昼間、留守をして悪かったね。雇った方がいいと社員の者が判断したんで、待ってて貰った。だから不採用だったとしても、今夜の手当ては出るから、心配しないように。ええと、保証人もなく、身分を証明するものもないか」

「そういうものがないと、駄目なんでしょうか？」

「絶対に、ということはないが、かなり不利だね。第一、住所も定かではないんだから、雇う方の不安はわかるだろう」

「寮があるって、書いてありましたが」

「寮に入るのも、こういうことがわからないと難しいね」

煙草をくわえて、私は田部みゆきに眼をむけた。家出をしそうではない。その場だけの嘘《うそ》を並べそうなタイプでもない。名前と年齢以外は空欄になっている書類も、それを物語っていた。

「家出か」

思い切って、私は言った。田部みゆきの表情が、はっきり私にわかるほど動いた。

「君は、運がいいな」

「えっ」

「川中エンタープライズは、きちんとした会社でね。家出少女を、おかしなことに使ったりは決してしない。たとえば、どこかに監禁して客をとらせるとか。そんなことをするところが、ないわけじゃないんだよ」

田部みゆきがうつむいた。

どう扱うべきか、私は迷っていた。教師だと、ここで名乗ってしまうことに意味があるとも思えない。

「十八になってないね」

「十九です」

「証明するものがない。十八になっていなければ、風俗営業で働いて貰うのは、ちょっと難しいな。ほかのアルバイトも、難しいだろう」

「駄目ですか、どうしても」

「どこへ行っても、駄目なはずだよ。大人の世界は、そんなに甘くない。東京へ帰るのが、一番いいと思うな」

田部みゆきは、うつむいたままだ。私は煙草を消し、腕を組んだ。口を衝《つ》いて、説教が出てきそうだ。ほとんど習慣のように、説教になってしまう科白《せりふ》は口から出てくる。教師を十年近く続ければ、そんなものだった。

「アルバイトが、ないわけではない。風俗営業ではないがね」

「寮があるんでしょうか、そこ？」

「ないね。だが、ひと月ぐらいなら、住むところの都合はつけて貰えると思う」

「お願いします」

「いいのか、どんなところか確かめもせずに？」

「だって」

「どんなふうにも、君を騙《だま》すことはできるんだよ。たとえばそこは、酒場よりもひどいところかもしれない。そういうことだって、あり得る」

「なんとなく、大丈夫って気がします。とにかくあたし、仕事を捜さなきゃならないんですから」

「わかった。じゃ、明日の朝からだ。そこがいやだってことになれば、もう知らないよ」

「週給で、貰えますか?」

「アルバイトだ。そういうことになるだろうね」

田部みゆきが、私を見つめて笑った。少女の眼だった。あと四、五年で、いい女になりそうな気配はある。

「今夜は、どこに?」

「これから、決めます」

「なるほどね。住むところも、これから都合して貰えるかどうか、訊いてみよう。ちょっと待ってなさい」

私は、店の方へ出て、電話の場所を訊いた。ボックスが二つ並んでいた。店はバニーガールふうの若い女が揃《そろ》っていて、席にはつかないシステムらしい。

電話ボックスが空いた。私はまだ体温の残る受話器をとり、『ブラディ・ドール』の番号をプッシュした。下村が出た。

「どんなとこでもいい。女の子がひとり寝泊りできるような場所を、都合してくれ」

「いきなりだな」

「都合できるか？」

「できないことはないがね。あの女の子は、高岸や吉山と関係ありそうなのか？」

「わからん。すぐに探りを入れたりしない方がいいような気がした。いまのところ、捨て犬でも拾ったような気分さ。押しつけてきたのは、おまえと坂井だよ」

「好きにやるさ。女の子用にキープしてあるアパートの部屋が、二つ空いてる。そこを掃除して使わせろ」

「案内してやってくれ。さっきの坊やでいい」

「かなり、図々《ずうずう》しくなったな」

「もうひとつだ。宇野さんの居所がわからないか？」

「ホテル『キーラーゴ』。フロントに通しても駄目だ。社長室に直接行け」

「ありがとうよ」

「店が忙しい。切るぜ」

むこうから、電話が切れた。

私は控室に戻り、下村が寄越《よこ》すボーイがやってくるのを、田部みゆきと二人で待った。

東京のことは、訊かなかった。ただ、捜索願いが出されると面倒だから、明日にでも家に連絡しておけ、とだけは言った。

ボーイに田部みゆきをひき渡すと、私は『シティホテル』へ戻り、車を出した。

海沿いの道を走っていくと、ホテル『キーラーゴ』とヨットハーバーの明りが、遠くからよく見えた。そこだけ、なにか違う世界があるというような感じだ。

ホテル『キーラーゴ』の社長室は、すぐに見つかった。ノック。秋山がすぐに顔を出した。部屋へ請じ入れられる。ソファに、葉巻をくわえた老人と、中年の痩《や》せた女が腰を降ろしていた。宇野の姿は見えない。

「キドニーは、もう来るころだよ」

秋山が言った。下村が連絡したのかもしれない。

「やつはいつも、正確に十五分遅れてくる。あと五分ばかりで現われるな。君は、ブリッジはやるかね？」

「やりません」

「そうか。たまには、よく知らない人間を入れてやってみるのもいいもんなんだが」

「ゲームどころではないって顔だよ、彼は」

老人が言った。

「遠山さんと、それから大崎《おおさき》さん。二人とも先生と呼ばれているが、画伯と医学博士だ」

遠山一明《かずあき》という、画家の方は知っていた。風景画を見たこともある。

「ブランデーでもやらんかね、西尾君。マールという、ちょっと荒っぽいのがあるよ」

遠山にいきなり名前を言われて、私は戸惑った。

「いま、君の話をしていたところでね。秋山さんが面白おかしく語ってくれた」

「俺の情報は、安見からのものが多くてね」

「キドニーに、論理で対抗しちゃ駄目よ、西尾君。肉体的な欠陥まで、論理で補ってしまおうって男だから」

「別に、対抗したりしませんよ」

ブランデーグラスが、テーブルに置かれた。勧められるままに、ひと口飲んだ。かなりいがらっぽい酒だ。コニャックとは程遠い。

「冒険小説の主人公が、よくこいつをひっかけるんだ」

葉巻の煙を吐きながら、遠山が笑った。煙の量は、宇野のパイプといい勝負だ。

「みなさんで、ブリッジをなさるんですか?」

「週に一度。メンバーも、ほとんど変らんね。私は負け続けていて、秋山さんは大きく負けたり大きく勝ったりしている。大崎さんは、やや負けてるってとこかな」

「じゃ、宇野さんが」

「ほんとに勝負強い男よ、あれは。勝とうと思った時に、絶対に博奕《ばくち》に勝てると言ってた男がいたけど、一度やらせてみたかったわ」

「その人は?」

「死んだわ。赤いフェラーリと金魚を残してね」

私は、なんとなく坂井が転がしていたフェラーリを思い浮かべた。

グラスに残ったマールを呷《あお》り、煙草に火をつける。しばらくのどが灼《や》けていた。

「人間の心には、絶対に他人に侵されたくない部分がある。歳をとってくると、それを忘れちまうものだが、私はこの街で思い出したね」

「どういう意味ですか？」

「逆に、若いころは絶対にそれを守ろうとする、ということさ」

「俺のことですか？」

「君や、君が捜しているという少年のことさ」

「憶えておきます」

「老人のひとり言だと思えばいい」

ノックもなく、ドアが開いた。

宇野が、蒼白《そうはく》な顔で入ってきた。私に眼をむけ、おや、という表情をする。

「実は、お願いしたいことがありましてね。ここで待ってました。ゲームがはじまる前に、いいですか？」

「なんだ。言ってみろ」

部屋を出ようとした私を無視して、宇野は椅子に腰を降ろした。

「人を雇ってください。通常のアルバイトの相場でいいですよ」

「おまえは知らんのか。夏は、法律家が暇な時さ。裁判官がみんな休暇をとっちまうんで、法廷がない」

「宇野さんは、事務所に出るんでしょう?」

「出ないと言ったら?」

「留守番に使えるじゃないですか」

大崎が、カン高い声で笑った。

「まさか、おまえを雇えっていうんじゃあるまいな」

「女の子ですよ」

「事務員はひとりいる」

「休暇を欲しがってませんか、彼女。彼女の助手というのでもいいし。とにかく、宇野さんに雇って貰うことに決めましたんでね。でなけりゃ、『ブラディ・ドール』のホステスでもさせなきゃならない」

「いいじゃないか。川中のところで働けば、女はみんな堕《お》ちるところまで堕ちるぞ。それで本性を出す。本性を剝き出しにしといてやると、騙される男も少なくて済むってわけだ」

「女がひとりいることを、忘れないでね、キドニー」

「君は別だ。ある意味で変種だな」

「明日、事務所へ連れていきます」

「それはいいわ。あなたのとこの事務員は、休暇がないって口をとがらせていたわ。雇主がどうであろうと、使われている方は人並みを求めるものよ」

「君のとこの看護婦もか？」

「当然でしょ」

宇野がパイプに火を入れた。部屋の中は葉巻とパイプの煙で一杯になったが、秋山も大崎も、それを気にしているようではなかった。私は煙草に火をつけた。

「それで、女の子ってのは？」

「高校生ですよ。多分、十六か七。東京からの家出少女です」

「ふうん」

「お似合いじゃないか、キドニー。そんな女の子が事務所にいたら、街じゅうの話題になるぜ」

「秋山、安見と大して歳は変らんのだぞ」

「だからさ。キドニーが若い愛人を作ったのか、それとも隠し子かってことで、坂井は賭《か》けでもやりかねん。面白いぜ、こりゃ」

「おまえが雇え、秋山」

「西尾は、おまえに頼んでるじゃないか。東京からの家出娘だっていうし」

「女、と言ったの、宇野さんですよ」

「なんだ、それは。キドニーが、おまえに女の調達を頼んだのか、西尾？」

私は、テーブルのボトルをとって、グラスにもう一杯注いだ。

「俺の捜してる家出少年が意地を張っているのは、女のせいじゃないかって」

「じゃ、キドニーが預かるしかないな」

「この酒、ほんとにブランデーですか？」

「マールと言ったろう。ブランデーの一種には違いないが、葡萄《ぶどう》の搾《しぼ》りかすを発酵させて作ったものだよ」

「遠山さんは、最近これがお気に入りなんだ。うちのバーにも置いてあるぞ」

「なんとなく、いまの気分にぴったりって感じですよ」

「そりゃいい。そのうち、葉巻もやってみるといい。実によく合う」

遠山が笑いながら言った。秋山がカードを出し、丸いテーブルの上に置いた。いわゆる、ポーカーテーブルというやつだろう。遠山も大崎もソファから腰をあげ、そのテーブルについた。

「キドニー、はじめるぞ」

「ちょっと待て、西尾との話がまだだ」

「駄目だ。おまえは十五分遅れてきたんだ。これ以上、俺たちを待たせるべきじゃない」

「そうだな」

「西尾君の作戦勝ちってとこね。キドニー、これ以上つべこべ言うと、見苦しいわよ」

「じゃ、お願いしましたよ」

「おまえ、いつからそんなに押しが強くなった?」

苦笑しながら、宇野もテーブルについた。

私は四人にちょっと頭を下げ、部屋を出た。葉巻とパイプの煙のない室外が、なぜかもの足りないような気分に襲われた。

20 凪

翌日の指定した時間に、田部みゆきはホテルのロビーにやってきた。

タンクトップに、ショートパンツに、白いサンダルふうのものを履いている。荷物は、小さなポシェットをぶらさげているだけだ。

「まあ、いいか。大先生は冷房が好きじゃないようだし。部屋は、どうだね?」

「一週間しか貸せない、と言われました」

「家出をしている期間としては、ちょうどいい。一週間後に、帰るかどうか考えてみるんだな。アルバイトも、週給で払ってくれるそうだ。いくらなのかは、自分で交渉しなさい」

『シティホテル』から、宇野法律事務所までは、大した距離ではない。海の方にむかって、歩いて五、六分というところだ。

「そこ、制服なんかあるんですか？」

「ハンバーガー屋なんかじゃない。デスクにいる仕事だよ」

「あたし、こんな服しか持ってきてないんですけど」

「構わないさ。なにか言われたら、制服を作ってくれと頼めばいい」

「西尾さん、ホテルに住んでるんですか？」

「泊ってるんだ」

陽《ひ》ざしが強くなりはじめていた。私は、建物の蔭《かげ》を選んで歩いた。

「君と同じで、俺も東京から来てる。本職は教師でね。下村や坂井という、川中エンタープライズの連中に、女の子の教育係を頼まれてるんだ」

「あたし、はじめっから、先生みたいな人だと思ってた」

「補導できる資格も持ってるんだぞ。もっとも東京でだが」

歩くたびに、ブラジャーをしていない、田部みゆきの胸が揺れている。

部屋へ入っていくと、デスクのむこうから、宇野はちょっとだけ私に眼《め》をくれた。

「きのうは、負けちまったぞ。散々だった。あの三人にやられたのは、はじめてだ」

「俺が頼んだことぐらいで、宇野さんの気持が乱れるわけはありませんよね」

「俺のリズムを、おまえは乱したさ。十五分遅れて行く。大崎女史や秋山に皮肉を言われ、遠山さんの葉巻の煙を吹きかけられながら、黙ってゲームをはじめる。それが、俺の作ったリズムなんだ」

「これからは、ずっと負けますよ。それぐらいで乱れないリズムを作らないと」

「あの三人に、それがわかったのは痛いな」

宇野は、田部みゆきにちょっと眼をやったが、なにも言いはしなかった。

「こちらが、君を雇ってくださる方だ」

「あの、法律事務所って？」

「弁護士さんさ」

「あたし、そんなこと全然知らないんですけど」

「君が弁護をやるわけじゃない。電話を取次ぐぐらいしか、仕事はないだろう」

「田部みゆきです。よろしくお願いします」

宇野は、曖昧《あいまい》に頷《うなず》いただけだった。

「じゃ、俺はこれで」

なにか言おうとした宇野に構わず、私は田部みゆきを残して部屋を出た。入口の小部屋に、事務員の姿はなかった。

『シティホテル』にむかって歩いていると、黒いポルシェが走っていくのが見えた。運転しているのは坂井で、川中は助手席に乗っていた。そういえば、しばらく川中を見かけていなかった。

銀行に寄って、カードで現金をいくらか出した。それから、デパートに行って新しいTシャツを二枚と、スニーカーを買った。

ホテルのロビーで、男が二人待っていた。あまり柄はよくなさそうだ。また殴られるかもしれない。そう思うと、恐怖より腹立たしさの方が先に襲ってきた。

「美竜会の吉山ってガキと、よく会ってるそうだね、西尾さん」

「悪いか？」

「東京から来てるんだろう。つまりどういうことなんだね？」

「なにが？」

「だからさ、美竜会とどういう関係なんだって訊《き》いてるのさ」

若い方が、口の利き方をよく知らなかった。私はそっぽをむいた。鼻さきに、黒いものを突きつけられた。一瞬なんだかわからず、心臓が高鳴った。よく見ると手帳だった。

「警察？」

「喋《しゃべ》る気になったかね？」

「俺は、忙しくてね」

「いずれわかることだよ。美竜会がどこと組んでるのか」

頭を回転させた。美竜会が東京の組織と抗争を起こしている。そして、それとは別の組織に助けられている。私は、その組織から派遣された人間だと思われているのか。

「いずれわかることを、なぜ俺なんかに訊くのかね？」

「まあ、いろいろとあるから、早く知っておいた方がいいのさ」

「俺の入っているところは、でかいよ。何万という人間がいる」

「冗談はやめとけ、西尾。その箱の中は、なんだよ。見せてみろ」

「そんな権利があるのかい？」

「怪我《けが》もしてたらしいじゃないか。え、どこで、誰とやった？」

高圧的な態度が、気に障った。刑事の暴力団に対する態度とは、こんなものなのか。

無視して歩きはじめようとした私の腕を、若い方が摑《つか》んだ。

「よせよ」

「喋らないんなら、引っ張るぞ。おまえは挙動不審で、質問を受けたら逃げようとしている。それで、逮捕要件にはなるんだ」

「それが、市民に対する態度かね」

「市民だと。笑わせるなよ。まともな市民が、こんな時間にフラついてるか」

「夏休み、なんだ」

若い男は、私の腕を放そうとはしなかった。

年嵩《としかさ》の方が、私のジーンズの尻《しり》ポケットから、素早く財布を抜きとった。名刺も、教職員証も、運転免許証も入っている。

「なに、教諭。学校の先生なのか、あんた？」

「なんだと思って、声をかけたんだね」

二人が、顔を見合わせていた。

「くそっ、ガセかっ」

若い方が、私の腕から手を放して吐き捨てた。

「いや、失礼。美竜会と東京の組織が対立してましてね。吉山というチンピラが、救援に来る別の組織と連絡役をやっている、という情報が入りまして」

「関係ないね」

「いや、まったく失礼しました。しかし、なぜ吉山とよく会われています？」

「教え子ですよ。去年退学になった。気になって、様子を見に来たんです」

「そうですか」

二人はもう一度顔を見合わせ、お座なりな詫《わ》びの文句を並べて、立ち去っていった。

私は部屋に戻った。

この街に、なにをしに来たのだ。新しいシャツに着替えながら、ふと思った。家出をした教え子が心配になった。それは、なにか別のことをしようとするための、ただのきっかけだったのではないのか。

しかし、その別のことがなんなのか、私にはわかっていないのだった。

ベッドに横たわると、眠気が襲ってきた。昨夜は、港のそばの赤提灯《あかちょうちん》で、二時近くまでひとりで飲んでいた。なんとなく、安直な酒場が並んだあの界隈《かいわい》を歩きたくなり、歩いているうちに、飲みはじめてしまったのだ。

酒は弱い方ではないが、飲まずに済まそうと思えば、済ませられる。はずれていくな。呟《つぶや》いた。なにがどうはずれていくのか、深く考える前に眠りこんでいた。

電話が鳴った。

「高岸です。いま、近くにいるんですが」

「近くって？」

「ホテルから、五十メートルぐらいの、公衆電話です。ちょっと会えませんか？」

「そりゃ、俺はおまえと会う以外に、用事らしい用事はないが」

「じゃ、行っていいですか？」

時計を見た。正午を回っている。冷房で冷えきった躰《からだ》を、私はちょっと動かした。

「待てよ。どこかで、昼めしを食おう。駐車場で待っててくれないか。白いカローラ・レビンだ」

「わかりました」

電話を切り、腰を何度か動かし、肩を回すと、私はスニーカーを履いて外へ出た。

車に乗りこみ、エンジンをかける。どこにいたのか、高岸が助手席側に立っている。私は手をのばして、助手席のロックを解いた。

「どうしたんだ、こんな時間に？」

「ほんとなら、仕事をしてますよね、学校に行ってないんだから」

「まあ、夏休みさ。おまえの籍は、まだ学校にある」

「まだ」

「そうさ。このままじゃ、おまえは除籍だろう。やくざの世界に就職しちまえば、学校に通うってわけにはいかない。ラグビーとも、おさらばだな」

「ラグビーなんて、もういいですよ」

「嫌いだったのか？」

「嫌いになりました」

「なぜ？」

私は車を出した。港の方へむかう。

「ラグビーの有望選手だったんで、俺は特別扱いされたんでしょう」

「そうだ」

「はっきり言いますね」

ったし」

「特別扱いしたことを、後悔してるよ。処分は、停学ぐらいで済んだかもしれない事件だ
「吉山に、全部被《かぶ》せることはなかったんですよ。俺はそう思います」

「それだけの理由で、ラグビーが嫌いになり、家出をし、やくざになろうとしてるのか？」

「いけませんか」

「開き直るなよ。ほかにも理由があるんじゃないかと、俺は思いはじめてるんだ」

「どんな？」

「さあね。おまえが喋ってくれるのが、一番手間が省ける」

「なにもないですよ」

宇野の事務所の前を通ったが、寄らなかった。

港のそばに、大衆食堂が何軒も並んでいる。その一軒の前で、私は車を停《と》めた。

「ラーメンでも食おう」

頷いて、高岸が降りてくる。

二人分の席をカウンターに見つけて、腰を降ろした。高岸が煙草《たばこ》をくわえる。

「おまえ、ずっと喫《す》ってたのか？」

「ラグビー部の顧問に、二度見つかりましたよ。息が切れるから、ほどほどにしておけ、と言われただけです。酒を飲んだのも見つかりました」

「有望選手だもんな」

「そうやって許される自分が、気持いいと思ったこともありますよ」

ラーメンが出てきた。

しばらく、なにも言わず、汗をかきながらラーメンを啜《すす》った。

「俺、美竜会に入りたいって、金山さんに言いました」

「そうか」

それならそれで、仕方がないことだった。私には止める方法もなければ、資格もない。

「ところが、金山さんに断られました」

「なぜ？」

「腰が決まってないそうです。東京の組織との抗争はもうすぐ終るみたいなんですが、それをよく見て、やくざが最後の最後になにをやらなきゃならないか、はっきりわかってから、もう一度考えろ。そう言われたんです」

「やくざにしちゃ、まともな言い草だ」

「俺も、そうすべきだと思いました」

「もうわかった」

「先生がいてくれて、助かりましたよ。でなけりゃ、逆の意味で不安になって、なにがなんでも、入れてくれって頼んだでしょうし」

私が財布を出そうとすると、高岸が制して自分で払った。

「ラーメンぐらい、奢《おご》らせてくださいよ」

「じゃ、俺はコーヒーでも奢ろう」

車に乗った。

海沿いの道を、『レナ』まで走っていった。駐車場には、四台いた。

カウンターに、腰を降ろす。客は、高岸と似たような年齢の連中ばかりだった。安見が、高岸を見て、表情を変えた。

「読書感想文は？」

「はい」

「終ったのかね？」

「はい」

「面白かったのか、あれは？」

安見は、はいとしか返事をしなかった。

テーブル席で、コーヒーが遅いと催促している連中がいる。

「しばらく、待つことになるぜ。ここのコーヒーは凝ってて、一度に二人分しか淹《い》れないみたいなんだ」

「インスタントを持っていっても、わかりゃしないのに」

「場違いってのは、誰でもやる。おまえもな」

「美竜会に入るなってことですか？」

「絶対に入るというのを、止められるとは思ってない」

高岸が煙草をくわえると、安見が素早く灰皿を出してきた。私も、煙草をくわえた。

「つまらんな」

「なにがですか？」

「なんとなく。俺が教師をやってるのもつまらんし、おまえがやくざをやってるのも、つまらん。人間ってやつは、もともとそんなものかな」

「俺に、言わないでくださいよ」

男がドアを開けて店の中を覗《のぞ》き、テーブル席の状態を見て諦《あきら》めたように閉めた。

カウンターの中では、秋山の女房が汗をかきながら、コーヒーを挽《ひ》いている。安見が、思い出したように、私と高岸の前に水を置いた。

三十分ほど、なんとなく待って、ようやくコーヒーが出てきた。その間に喋ったのは、このあたりの地理についてだけだ。

「好きなのか嫌いなのかわからんが、俺はなんとなくこの街に興味を持っちまったよ」

「いつも、なんとなくですね」

「俺の人生は、多分こんな具合なんだろう。いつもなんとなくってな」

「決まること、ありますよ。先生がこの街に来てるのも、それなりに決まってるし」

「それでも、なんとなくさ」

高岸が笑った。砂糖も入れずに、コーヒーを口に運ぶ。

ようやく、テーブル席の客が、一斉に出ていった。店の中は、急にがらんとして、つかみどころがなくなった。私は、空気を掻《か》き回している、天井の三枚羽根の扇風機《せんぷうき》に眼をやった。

高岸が、トイレに立った。

「西尾さん」

カウンターの中から、秋山の女房が囁《ささや》くように言った。

「あの人を、もう連れてこないでくれますか」

「なにか?」

「安見ですわ」

安見は、一番奥のテーブルのカップ類を集めている。

「あの人、とても危険な眼をしてますわね。安見は、男の子のそういうところに魅《ひ》かれるんです。まだ子供だから、魅かれると自制がきかなくなりますわ」

「ふうん。そんなに、いい眼かな」

「あの歳頃《としごろ》の男の子にしては。なにかを、心に決めた眼、ですわね」

「わかりました。注意しましょう」

安見が、トレイにカップを載せて戻ってきた。秋山の女房は、それを受け取り、黙って洗いはじめた。席に戻ってきた高岸の顔を、瞬間、安見がじっと見つめた。

「洗いを、手伝って」

「あ、はい」

安見がカウンターに入っていく。高岸とむかい合う恰好《かっこう》になった。安見の頰《ほお》に血が昇るのがわかった。

「行こうか」

私が言うと、高岸が頷いた。

安見が、どんな眼で見送っていたのか、私は見なかった。

「俺、ホテルに移ります。いいですか?」

「そりゃ勝手だが」

「ホテルにいて、この街で起きることを見てますよ。先生もいるし、なんとなく気持として落ち着くんです」

「なにも言いたくないね、俺は」

車に乗りこんだ。

どうして、なにもかもが、こう面倒なのだ。すべてが、もっとすっきりいくなどということは、人間にはあり得ないのか。

窓は全開だった。

「高岸、家に連絡はしたか？」

「一度も」

「心配するな。俺の方から、家に連絡したりはしない」

「親がこの街に現われるようだったら、俺はまた消えますよ。当たり前すぎるんですよ。当たり前すぎる家だから、そこがなんとなく気が重いんですよね」

「おまえも、なんとなくじゃないか」

「そうですね」

高岸が笑った。

私はいくらか車のスピードをあげた。窓から入ってくる風が強くなった。

21　親父

七時前だというのに、川中の姿はもう消えていた。

坂井がカウンターの中にいるが、下村の姿は見かけない。

「まったく、よくやるよな」

坂井が言って、おかしそうに笑った。

「なにが？」

「宇野さんとこの、みゆきとかいう女の子さ。おまえが押しつけたんだってな」

「おまえと下村が、はじめに見つけたんじゃないか。川中エンタープライズで雇っておけば、宇野さんは迷惑しなかった。すぐに追っ払って、俺に会わせなくても、やっぱり迷惑しなかった」

「そうだな」

言って、坂井はまたおかしそうに笑った。

「あの子が、法律事務所でアルバイトをしたら、そんなにおかしいか。ねぐらは、下村が用意してくれたんだぜ」

「そんなことじゃなく」

坂井は、まだ笑っていた。

「宇野さんさ」

「あの人が、そんなにおかしいとは思えないがね」

「宇野さんが、俺を事務所に呼び出したんだ。なんの用事だったと思う。ランニングシャツなんか着てくるなと、みゆきに言ってくれとさ。俺にだぜ」

「なぜ、自分で言わないんだ？」

さ」

「服装はこれでいいかと訊かれて、いいと言っちまったらしいんだ。それを後悔してるの
「自分の使用人だ。自分で言えばいいじゃないか。もっとも、みゆきはあんなものしか持ってないみたいなんだが」

「自分の使用人じゃなくても、宇野さんは、相手をズタズタにするぐらいのことは、平気で言う人だよ。それが、あの小娘に、なんとなく遠慮しちまってる」

「そいつは、面白いな」

「俺は、毎日事務所を覗いてみるよ。ランニングシャツだとさ、タンクトップを。あの鋭い人が、おかしなところで歳を出しちまう」

「悪いことをしたのかな」

「いや。宇野さんにそんなところがあったなんてのが、俺は発見できて嬉《うれ》しいよ。そうやって時々素顔を見せりゃ、あの人も少しは楽になる」

宇野がなにに苦しんでいようが、私には知りようがなかった。苦しんでいるのは、当たり前だという気もする。人工透析を受けていても、生きてはいるのだ。生きていれば、多かれ少なかれ、人は苦しんでいる。

七時になった。

坂井はちょっと曲がっていたボータイを直し、店の中を見回した。

「なににいたしましょう？」

「バーボン、オン・ザ・ロック」

「バーボンは、ワイルド・ターキーでよろしいですね」

私は頷き、煙草に火をつけた。

「今日の午前中、川中さんを乗せたポルシェで走ってたろう」

「ああ」

「このところ、川中さんを見かけないな」

「さっきまで、ここにいたぜ」

坂井の喋り方は、例の腹話術になっていた。

「なんとなく、今日は会えるような気がしてたんだが」

「いろいろと、社長も忙しい。組合のこともあるしな」

坂井が、ロックグラスを私の前に置いた。

ＢＧＭが流れはじめる。客はまだ私だけだから、女の子たちはひとりも姿を見せない。

「しばらく、飲んでろよ。今夜は、宇野さんが現われる」

横をむいたままの腹話術。刑務所では、まったく面白い芸を身につけられるものだ。

オン・ザ・ロックを一杯あけたころ、七、八人の客が入ってきた。女の子も奥から七、八人出てきて、店の中は急に活気づいた。

「やあ」

肩を叩《たた》かれた。沢村というピアニストだ。

「今夜は、いきなりピアノに歩いていかないんですね」

沢村は、腰を降ろしながら、ちょっと訝《いぶか》しそうな表情をした。

「奥から出てきて、そのままピアノを弾きはじめる。そんな印象があるんですよ」

「そうかな。ここで無駄話をして、ひと晩終っちまうこともあるんだが」

「ソルティ・ドッグ、お好きなんですね」

「ふだんは、飲まないよ。みんな、ピアノじゃなく、坂井の手際に感心するだけだから」

「ピアノ、俺は嫌いじゃないですよ」

「そうか。じゃ一杯奢って貰《もら》うか、ソルティ・ドッグを」

そう言った時、もうスノースタイルのグラスが出ていた。やはり、坂井の手並みは見事なものだ。

沢村が、ちょっとグラスを翳《かざ》し、ふた口で飲み干した。

「西尾さんだったかな。つまらなそうな顔をしているね」

「そうですか」

「昔は、そんなじゃなかった。もっとも、十五年も前の話だが」

「俺が高校生のころですが、お目にかかってるんですか?」

「一度ね。すぐにわかった」

私は、記憶の底を探った。なにも出てこなかった。高校の音楽の教師、近所の人間、友だちの親父《おやじ》。全部違う。

「西尾雄一郎《ゆういちろう》氏の、誕生パーティ」

「親父の、ですか」

高校のころ、一度だけ地下の酒場のようなところで、親父の誕生パーティをやったことがあった。あの時、確かにピアノを弾いてくれた男がいた。

出席したのは、親父の弟とその家族、数人の友人、そして母と姉と私だった。

「あの時に」

「古い友人でね。ずっと会っていなかったが、君を見て鮮やかに思い出したよ」

「似てますか？」

「雄一郎氏が三十代の前半のころは、もっとギラギラしてたがね。それでも、よく似ている」

親父は自分で作った会社のオーナー社長で、いまだに剣道をやり、私とまるで違う人生観を持っているが、顔だけはそっくりだとよく言われる。

「沢村明敏は、そこそこ元気にピアノを弾いている、と伝えてくれ。ずいぶんと、心配をかけたんだ。いまも、心のどこかで心配してくれているだろうと思う」

「わかりました」

「最初に君を見た時、飛びあがりそうになったよ。西尾雄一郎が入ってきたような、錯覚に襲われた」

「俺はなんとなく、ピアノに魅かれました。実は、音楽にあまり関心を持ったことはないんですが」

「親父さんは、ジャズが好きだった。もう時効だろうから言ってしまうが、ジャズシンガーの恋人がいたことがあってね。君がまだ、小学校一、二年のころのことだろう」

「それは、親父を見直すような話ですよ」

「いいシンガーだったがな」

「どうなったんです？」

「別れたよ」

沢村は、グラスの縁の塩を、指さきにつけて舐《な》めた。

「別れざるを得なかった。つまり、亡くなったんだ」

「そんなことを、親父から感じたことはありませんでしたよ」

「剣道家でもあったからね。苦しさは、自分の内にしっかりと収《しま》いこんでおける人だった。

私は、その強さが羨《うらや》ましかったな」

「そうですか」

「事業に打ちこみはじめたのも、そのころからじゃないかな」

「どれぐらい続いたんですか、その人と親父は？」

「二年。二年にちょっと欠けるぐらいかな」

私は、三杯目のオン・ザ・ロックを頼んだ。人生も捨てたものではない。そんな気がしてきた。

「もう一杯、奢らせていただけませんか。一杯目ほど、二杯目はうまくない、とこの間おっしゃっていましたが。古い友人の、息子から」

「いただこう」

沢村が、ほほえんだ。坂井の手の中で、グラスがくるりと回り、スノースタイルのグラスができあがった。

「時々、私が弾いている店で、ひとりで飲んでたよ。悪くなかったな。心がズタズタの男が、それでも闘おうとしている姿は」

「いまじゃ、すっかり社長の椅子《いす》に納まってますが」

「そんなもんさ。そうやって、人は落ち着いていき、静かに人生の終りを迎える」

私は、オン・ザ・ロックを飲み干した。

「一曲だけ、弾こう。『ラバー・マン』という曲だ。親父さんが最初に彼女に会った時、これを唄《うた》っていたんだよ」

二杯目のソルティ・ドッグを飲み干し、沢村が腰をあげた。

ピアノの音が流れてきた。

店の中が、不意に静まり返った。軽いテンポの曲だ。はじめて聴く曲でもあった。

沢村は、眼を閉じている。首だけがかすかにふれ動いて、音はまるで沢村の躰から出てきているようだった。

人には、誰にも語らない情熱がある。いつまでも持ち続ける、情熱がある。言葉ではなく音で、沢村はそれを語っている。私は眼を閉じた。わけもなく、涙がこみあげてきそうになったのだ。

曲が終っていた。沢村は、私にちょっとほほえみかけ、奥へ消えていった。

「いまの『ラバー・マン』だな。どうしたんだ。やけに思い入れたっぷりだった」

気づくと、宇野が入ってきていた。

坂井は宇野を見ても笑いもせず、黙ってショットグラスに一杯のウイスキーを出した。

「もう一杯、いかがですか？」

私を見て、坂井が言う。私は頷いた。

それから、続けざまに二杯、オン・ザ・ロックを空けると、私はようやく落ち着いてきた。宇野の酒は、ほとんど減っていない。

「どうですか、あの娘？」

「ああ、電話の受け答えぐらい、できるようだ」

「それはよかった。御迷惑をかけるんじゃないかと、心配してました」

「いい娘すぎるな」

「そうですか？」

「早いとこ、東京へ帰しちまえ」

「宇野さんが、おっしゃってくださいよ」

「柄じゃないさ」

「まあ、いまは夏休みですから」

「そうだな」

「あの娘、ずっと宇野法律事務所で仕事をしたい、と言い出したらどうします」

「ふん、俺を困らせて面白いか」

「困ってるんですか」

「高が、小娘じゃないか」

はじめて、坂井が笑みをこらえるような表情をした。店の中には、またＢＧＭが流れはじめている。いつの間にか、ボックスは満席になっていた。

22 男

遅い朝食を終えて、ロビーを通りかかると、高岸がひとりで腰を降ろしていた。

「このホテルの居心地はどうだ？」

高岸の部屋は、私より一階下だった。家の金をかなり持ち出したのか、四日分の宿泊費をまとめて先払いしたようだ。

「車を転がすんだが、一緒に来るか？」

「そうですね」

高岸が腰をあげた。

「あれから、東京の組織と美竜会は、なにかやらかしたか？」

「あれからって？」

「美竜会のやつらが、東京から来たのを捜し出しては、木刀で滅多打ちにしていたよ」

「そんなこと、何度もあったみたいですよ。それから、美竜会の事務所に、拳銃《けんじゅう》が一発撃ちこまれています」

「いつ？」

「今朝方の、四時ごろだって話です。ニュースでやってましたよ」

刑事が、私のところまで来るような事態に、確かになっているようだ。

「死人は？」

「いまのところは」

「これから、屍体《したい》の山でもできるのかな」

駐車場の車に乗りこんだ。

夏場だが、一応の暖機はする。エンジンの圧縮比をあげてあるのだ。できるかぎり、滑らかに回してやりたい。

二分ほどで、車を出した。

「やっぱり、海沿いの道だな、この街は」

「混んでませんか」

「海水浴場と反対の方へ行けば、車は少ないよ」

高岸はTシャツにジーンズで、薄いジャンパーのようなものを上に着ていた。その襟が、窓からの風で、パタパタと旗のように音をたてて動いた。

「おまえ、運転は？」

「十七ですよ、俺は」

「吉山は、かなりうまそうだぞ。子供のころから、やってたんじゃないのか」

「おふくろさんが再婚した相手、車を三台持ってたんですよ。商売用ですが、あいてる時は勝手に運転してたそうです」

「なるほどな」

「俺は、あまり関心を持ったことがありません。ラグビーだけでしたから」

「煙草と酒ぐらいか」

言うと、高岸が鼻で笑った。

海沿いの道に出た。しばらく走ったところで、私はミラーの中に黒いポルシェの姿をとらえた。私を追っているのか、かなりのスピードで近づいてくる。
四、五十メートル後方から、パッシングを浴びせてきた。前方に車はいないようだ。ポルシェを運転しているのは坂井で、川中は助手席にいた。
「高岸、シートベルトをしろ」

「えっ」

「飛ばすから、シートベルトだ」

高岸が、シートベルトをした。私は四速からいきなり二速に落とし、全開にした。高岸が低い呻《うめ》きをあげた。三速。ポルシェは、すぐ後ろに付いてくる。二速。コーナー。ヒール・アンド・トゥで軽くシフトしている。エンジンは好調なようだ。

「どうしたんですか、先生？」

「怕《こわ》いのか。後ろからポルシェが来る。これからしばらく、バトルさ」

「無茶ですよ」

「対向車が来たり、先行車がいたりしたら、一時中止という黙約はあるさ」

「でも」

「そろそろ、本気で走るぞ。怕いなら眼をつぶってろ」

引きつけるだけ、坂井を後ろに引きつけた。それから全開にする。まだ、尻は滑っていない。坂井の顔が、ミラーではっきり見えた。川中は、腕を組んでいる。

海沿いの道は、曲がりくねっているだけで、アップダウンはほとんどない。山道の上り坂などは、やはり馬力の差が出てくるのだ。

ブレーキのタイミング。いや、どこまでブレーキをこらえて、コーナーへ突っこんでいけるか。勝負はその一点だ。

車が調子を出してくる。いや、私が車と一体になっているのか。ぎりぎりのコーナリング。尻を滑らせると、ほんとうはコーナースピードは遅いのだ。滑るか滑らないか。その境界線を走る。スロットルワークに、それはかかっている。

助手席にひとり乗っているだけでも、車の荷重移動は微妙に変ってくる。それも、すぐに躰が覚えた。

ポルシェが、徐々に離れていく。勝ちだな、と私は思った。坂井は、車を操ろうとしている。自分で走ろうとしていない。車を走らせるということは、自分で走ることだ。

病院の建物が見えてきた。そのむこうには、古いヨットハーバーの跡。

エンジンブレーキで減速していく。右へウインカーを出す。ポルシェも、右のウインカーを点滅させていた。

「ポルシェ911ターボに、勝ったぜ」

「無茶ですよ。ほんとに。汗をかいちまった」

「むこうもさ。川中さんは汗を拭《ぬぐ》ってる」

ミラーを覗きこみながら私は言い、右へハンドルを切った。

「川中さんって？」

「川中エンタープライズの社長さ。自分の車なのに助手席に乗ってて、坂井というバーテンに運転させてた。坂井もいい腕だがね」

完全に勝ったことで、私はいくらか高揚していた。

車を停め、シートベルトをはずし、降りて煙草に火をつける。高岸は、すぐには降りてこなかった。

「カローラ・レビンにやられちまうとはね」

坂井が降りてきて言った。

「ほとんどレース仕様と言ってもいいんだ。海沿いのワインディングなら、俺の方が有利さ。馬力はあまり関係ない」

「そうだな」

川中は、ズボンのポケットに手を突っこんで、岸壁の縁まで歩いていった。そこで海を見ている。いつものように、明るい表情ではなかった。

「川中さん、御機嫌が悪いのか？」

「負けたからじゃない。この二、三日、ずっとそうさ」

私は煙草の灰を落とした。

背後で、けものの咆哮《ほうこう》のような声があがった。姿勢を低くして、突っこんでくる。それが、高岸だということがわかった。わかったのは、それだけだ。

坂井が、高岸を正面から遮った。ぶつかりそうになった時、高岸は鮮やかにサイドステップを踏んだ。飛びつこうとした坂井が倒れる。こちらを振りむいている川中に、高岸は突っこんでいった。両手でナイフを構えている。口を開け、眼が吊《つ》りあがっていた。川中は、驚いたようではなく、どこか悲しそうな表情だ。そういうもののすべてを、私は一瞬のうちに見ていた。次の瞬間、川中と高岸がぶつかったように見えた。離れる。そこに、坂井が体当たりしていた。倒れた高岸の手を、坂井が蹴《け》りあげた。ナイフが、宙を飛んだ。落ちたナイフに飛びつこうとした高岸を、坂井が膝《ひざ》と両手で押さえる。

「坂井、その坊主を放せ」

川中が言った。ズボンの左腿《もも》が一か所、赤く染まっている。

「ナイフは、もう持ってない。五分の殴り合いだ。早く放してやれ」

「でも社長」

「ちょっと腿を刺された。それで、坊主とは五分ってとこだ。早く放せ。ぶちのめしてやる」

「こいつ、若くて生きがいいですよ。知りませんよ、俺。社長の方が、先に息があがるに決まってる」

「命がけだって眼をしてるよ。そいつは。俺も、命をかけてやってやろうじゃないか。死ぬまでだ」

「まったく、気だけは若いんだからな」

なにが起きたのか、ようやく私は理解しはじめていた。高岸が、川中を刺そうとした。いや、刺した。殺すことなどできず、いま坂井に押さえつけられている。

「西尾、ナイフを拾ってくれ。こいつがまた持つと、面倒だからな」

私の躰は、自然に動いていた。ナイフを拾う。折り畳めるものではなかった。先端に、わずかに血のしみもあった。

「いいですか、社長。放しますよ。苦しくなったら、言ってください」

「そいつが死ぬまで、やってやる。死ぬことが、そう簡単じゃないってことを、いやというほど教えてから、殺してやる」

「ようし、ほら立て。おまえ、いまから殴り殺されるぞ」

坂井は高岸を立たせ、背中を押した。高岸は一歩前へ出ただけで、すぐには動かなかった。川中も動かない。睨《にら》み合う時間が、しばらく過ぎた。不意に、高岸が鳥の啼声《なきごえ》のようにカン高い叫びをあげた。

川中にむかって突っこんでいく。川中は動かなかった。高岸の躰が飛び、尻から落ちた。跳ね起きる。二度、三度とそれが続いた。川中の拳《こぶし》が高岸の躰に食いこむ、鈍い音が聞えた。

何度目かにぶつかった時、川中の左膝が折れそうになった。高岸の拳が一発、川中の顔に入った。高岸は二発殴り返され、のけ反った。腹を打たれた高岸が、上体を二つに折る。川中が、左右の拳を高岸の顔に打ちこんだ。高岸の首が大きくふれ動いた。膝が折れる。川中は胸を反らし、一度大きく息を吸ったようだった。四這《よつば》いになった高岸が、叫び声をあげて、川中に頭から突っこんでいった。絡み合った二人が、倒れる。高岸が上になり、転がると川中が上になった。それから、二人とも同時に立った。

川中が、肩で息をしている。高岸の姿勢は低いままだ。高岸が、また突っこんだ。川中の肘《ひじ》。固い壁にでもぶつかったように、高岸の躰が撥《は》ね返されてきた。四度、同じことがくり返された。高岸の顔は、左半分が腫《は》れあがり、眼も皺《しわ》のように細くなっていた。Tシャツの胸もとは、血で赤い。

「止めろよ」

私は、じっと立って見ている坂井に言った。

「もう、止めろ」

「これからさ」

坂井が呟いた。倒れ、立ちあがろうとした高岸が、蹴りあげられた。一瞬大の字に倒れ、それから躰を転がし、高岸はのろのろと起きあがった。

「いままでは、ただの殴り合いさ。社長が言った殺し合いは、これからさ」

「どっちかが、死にそうな気がする」

「仕方ねえだろう。高岸が、社長を殺そうとした。これは、はじめっから殺し合いさ」

「止めろよ」

坂井は動かなかった。

むかい合っていた二人が、同時に踏み出した。高岸の躰が、宙を舞うように飛び、コンクリートの上に落ちた。川中の靴が、高岸の腹に食いこんでいく。それはほんとうに食いこむという感じで、蹴った瞬間、川中の靴は足首のところまで見えなくなった。

高岸が、低い唸《うな》り声をあげた。立っている。これだけやられて、立てるということが、私には信じられなかった。

正面から、高岸は川中に突っこんでいった。二発拳を食らい、のけ反ったが、それでも高岸は拳を返していた。叫び声をあげながら、高岸の拳が続けざまに、川中の腹に食いこんでいく。川中の顔が歪《ゆが》んだ。腰から落ちていく。高岸が、川中を蹴りつけた。その足を、川中が摑んだ。倒れた高岸と川中が、絡み合ったまま転がった。立ちあがる。二人一緒だ。いや、立ったのは川中で、高岸はその肩に担ぎあげられていた。

高岸の躰が、川中の頭上に舞いあがった。コンクリートに落ちた高岸を、川中が蹴りつけた。今度は川中が足を摑まれた。

二人とも立ちあがろうとしたが、膝立ちだった。川中の拳が、高岸に叩きつけられていく。血が飛んだ。高岸も、川中に拳を返した。肉を打つ音。高岸が、仰むけに倒れて動かなくなった。

立ちあがりかけた川中が、一度膝を折った。右膝に手を置いて、川中がようやく立ちあがる。頰のところが割れて、顔半分が血に染まっていた。

川中は、二度、三度と大きく息をすると、左足を引き摺《ず》りながら、倒れたままの高岸に近づいた。高岸は、胸を上下させ、激しい息をしている。

「立て」

川中の喘《あえ》ぎも激しかった。

「立ちな、小僧」

高岸が、首だけかすかに持ちあげた。しばらくそうしていて、唸り声をあげながら立ちあがった。川中の拳が、高岸の顔と腹に食いこんだ。口から血の塊を吐き出しながら、高岸が倒れていく。

「立て。おまえ、まだ、生きてるだろう」

高岸が、躰を起こした。動きはひどくのろのろとしていて、殴ってくれとでも言うような立ち方だった。高岸が完全に立つまで、川中は待っていた。それから、拳を叩きつける。容赦のないパンチだった。二、三メートル吹っ飛んだ高岸が、また立ちあがった。川中が殴り倒す。それが、何度となくくり返された。何度川中が殴り、何度高岸が倒れたか、私には数えることもできなかった。

踏み出そうとした私の腕を、坂井が摑んだ。

「男が、殴り合いをしてるんだ」

坂井はちょっと私に眼をくれた。

「誰にも、止めることはできねえよ」

「死ぬぞ」

「だから？」

「死んでも、いいのか？」

「男の殴り合いってのは、そういうもんさ」

高岸の、かすれた叫びが聞えた。頭から、川中に突っこんでいた。まともに腹に頭を食らい、川中の躰がふっ飛んだ。二人とも、倒れていた。高岸の方が、さきに立った。川中はもがいている。ようやく、川中が立った。二人の距離は三、四歩だが、近づくまでにずいぶんと時間がかかった。高岸の拳。川中の躰が、ぐらりと揺れた。倒れなかった。川中の拳。棒を倒したように、高岸が倒れた。

川中が殴り、高岸が倒れる。それが三度くり返された時、まだわずかに開いていた高岸の右の眼が、ぐるりと白く反転した。倒れた高岸の躰が、電気にでも触れたように痙攣《けいれん》している。

一歩踏み出した川中が、立ち尽したまま高岸を見降ろし、しばらくして崩れるように倒れた。

23 餌《えさ》

隣りが病院だった。

おまけに、医者の中に、桜内と大崎がいた。看護婦は、山根知子だ。

「まったく、おあつらえむきのところで殴り合いをやってくれたもんだ」

桜内は笑っていたが、私にはそれほど簡単な事態だと思えず、緊張して横たえられた二人を見守っていた。

「とにかく、脳ミソだけは調べておこう。川中の脳ミソが、ちょっとぶっ毀《こわ》れてると大人しくなるんだが、まあ、期待は薄いか」

川中も高岸も、心臓は動いているが、気絶したままだった。二人が、レントゲン室に運ばれていく。

私は坂井に促されて、建物の奥の小さな部屋へ入った。医師や看護婦の休憩室として使われているらしく、コーヒーが飲めるようになっていた。

折り畳みの椅子に腰を降ろし、私は煙草に火をつけた。坂井がコーヒーを私の前に置く。私はようやく、最初からの事態を、筋道を立てて思い返すことができるようになっていた。

複雑なことは、なにもない。道路でたまたま川中のポルシェと出会い、バトルをやった。それから車を降りると、遅れて降りてきた高岸が、ナイフを構えて川中に突っこんでいったのだ。坂井が間に入り、押さえつけた。その時、川中はすでに腿を刺されていた。

高岸を放せ、と坂井に言ったのは、川中だった。それから、あの殴り合いだ。殴り合いを、川中の方が望んだとしか思えなかった。

「やるじゃねえか、あの坊主。最初に止めようとした時、俺の眼の前からすっと消えた。ほんとに消えるみたいだったぜ」

「サイドステップさ。やつはあれが得意で、稲妻ステップと呼ばれてたよ。あのステップだけは高校生のくせに、全国のトップランクに入るんだそうだ」

「いい選手だったんだろうな。あんなに見事にかわされたの、はじめてだ」

「しかし、なぜなんだ。なんで、こんなことが起きた」

「まだわかってないのか。やつは鉄砲玉さ」

「鉄砲玉って、美竜会のか。高岸は、まだ美竜会に入ってなかったし、入るのをやめようともしていたんだ」

「それは、やつが言ったことだろう」

「じゃ」

「はじめから終りまで、やつは鉄砲玉だ。おまえに近づいた方が、社長を狙《ねら》うチャンスが多い。金山にでも言われたんだろう。それでおまえに近づいた」

私は煙草を揉《も》み消し、コーヒーを口に運んだ。坂井は、窓の外の海に眼をやっていた。埋立地に建てられた病院のようだ。

「おまえがいてくれて、助かったよ、坂井。俺ひとりじゃ、ナイフを持った高岸を止めきれなかったと思う」

「偶然いたわけじゃない。俺は社長をガードしてたんだ。社長はひどくいやがったがね。俺と下村が、交代でガードしてた」

店で、二人一緒のところを、二、三日見かけていなかった、と私は思った。

「高岸が、川中さんを狙うかもしれない、とわかってたのか？」

「下村が、山の別荘をおまえに見せたろう。美竜会が鉄砲玉を用意してるらしい。その情報で、狙われるのが社長だって気がついたのは、宇野さんだよ。宇野さんに言われなきゃ、俺たちも東京の組織との抗争のためと思ったかもしれねえ」

「だけど宇野さんは」

「最後の最後のところで、あの二人は繋《つな》がってるよ。そばにいる俺なんかにも、わからねえような深いとこでな」

坂井の口調の中に、私はかすかだが嫉妬《しっと》に似たものを感じた。

「東京の組織と派手にやってる。だけどよく見てみると、偵察に来てる連中を追い返してるだけだ。それに美竜会の抱えてる問題の根は、東京からの脅威じゃない。社長がいるために、この街ででかくなれねえってことなんだ。それさえ解決すりゃ、東京からの脅威にだって、いくらでも対抗できる」

「川中さんは、そんなに有力者なのか？」

「本人は、有力者なんて気はねえさ。まわりも、それほどだと思っちゃいない。だけど、なにか起きると、社長は必ずそれを潰《つぶ》してきた。自分のためなんかじゃねえさ。といって、他人のためでもねえ。許せなかった。許せば、自分が自分でなくなってしまう。思いは、それだけだったろうよ」

「結果として、美竜会の大きな障害になってるわけか」

「美竜会だけじゃないさ。東京にも、この街を狙ってる勢力がある。暴力団じゃないぜ。名の知れた政治家が黒幕さ。なにかやろうとすれば、この街じゃ必ず社長にぶつかるんだ。この街を利用だけしようとするとな」

　わかるような気がした。川中がどれほど力があるか、誰も知らない。川中自身も、知らない。ただ、闘ってきた。なにかあれば、必ず闘ってきた。そして、いままで勝ち続けてきた。そういうことだろう。

「俺は、鉄砲玉を車に乗っけてきたのか」

「それは、気にするな。俺も社長も、おまえが誰か乗っけてたのは知ってた。高岸かもしれない、とは思うべきだったんだ」

「高岸は、いま『シティホテル』に俺と一緒に泊ってる。美竜会に入るのをやめようか、と迷っていた。俺は、それを信じていたよ。いや、鉄砲玉らしいと下村に言われた時から、そんなはずはない、と否定し続けていた」

「おまえに近づいたのは、高岸の知恵じゃねえ。あいつの頭の中は、社長を殺《や》るということだけで、一杯だっただろう。おまえのそばに置いといた方が社長に近づきやすい。金山の考えそうなことだぜ」

「金山か」

「とにかく、金山が出所してきてから、美竜会は上昇志向が強くなった。まずは、この街の繁華街さ。相当の金が動く場所になってる。そこを牛耳れば、薬《ヤク》とか女とかでも稼げる。組合なんかができて、防備を固められちまうのを、どうしても避けたいんだ」

私は、温《ぬる》くなったコーヒーを飲み干した。

川中の容体について、坂井は大して心配してはいないようだった。私も、なんとなく心配ではなくなってきた。高岸についてもだ。桜内が、望みようがないほどの名医に思えてくる。

「高岸は、警察へ渡すのか？」

「なぜ？」

「川中さんを刺したじゃないか」

「ガキのやったことだぜ。おまえは、一番止められるところにいた。もっと冷静だったら、俺も止められた。社長は、刺されないようにかわすこともできた。バトルなんかやった後で、三人とも気が抜けてた。つまり、三人の責任さ」

「しかし、高岸は刺した」

「その落とし前はつけたじゃないか、社長と殴り合うことで。落とし前をつけさせるために、社長は放せと言ったんだ。高岸が勝っていても、別にそれ以上はなにも起きなかったよ」

「そんなもんか」

「そうさ、社長はな」

私は煙草に火をつけた。一本喫《す》い終えるまで、なにも喋らなかった。

桜内が入ってきたのは、それから三十分ほどしてからだった。自分でコーヒーを注ぎ、それをテーブルに置くと、椅子に腰を降ろしてにやりと笑った。

「川中が、左手の小指の骨一本。高岸が、肋骨三本。これは肺に突き刺さったりしていないから、心配ない。派手な殴り合いで、折れた骨が合計でたった四本ってわけだ」

「脳は大丈夫なんですか？」

「二人とも、石みたいに固い脳ミソをしてやがる」

坂井が、低い声で笑った。

「あと、全身の打撲だな。川中には、腿に刺し傷もある。かなり深いぞ、三センチはありそうだ。それでも、太い血管を傷つけてるわけじゃない。三針縫って傷口を塞《ふさ》いだ。麻酔をかけなかったんで、野郎はずっと俺を罵《ののし》ってたぜ。いつか、俺を同じ目に遭わせてくれるとさ」

「ドク、自分の腿の傷を、自分で縫ったことあったでしょう」

「あの時は、十針以上だった。勿論《もちろん》、麻酔は打ったが気休めさ。それを言ってやったら、俺の唇を縫いつけるだと」

二人とも大丈夫らしいとわかって、私はいくらかほっとした。桜内は煙草をくわえ、テーブルに足を載せて煙を吐いた。テーブルに足を載せるのが、桜内の癖らしい。

「それにしても、二人とも頑丈な躰をしてやがる。次は木刀でも持たせて殴り合いをやらなきゃ、俺の出番はないな」

「次なんて、もう二人とも懲《こ》りたでしょう」

「懲りるもんか。特に川中はな。一対一でケリをつけたがるあいつの癖は、死ぬまで直らんね」

「社長が、人を使って殴り合いなんかやらせたら、社長じゃなくなっちまいますよ。まあ俺や下村は、それをできるだけさせないようにするのが、仕事みたいなもんですが」

「四十を超えた男の分別ってもんが、あいつにゃないんだ」

「ドクだってないって、山根さんが言ってましたよ」

「困ったのが集まった街だよな。まったく。高岸は泣いてるぞ。しばらくしたら行ってやれ。緊張が解けると泣く。ガキだな、やっぱり」

私は頷いた。もう一杯コーヒーを注ぎ、煙草をくわえた。

「おまえが捜してたってのは、高岸のことか、西尾」

「そうです」

「おまえを利用して、川中を殺そうとしたことを、ひどく恥じてた。つまり、恥じることができる男ってわけだ」

「そうですか」

「放《ほう》っておくと、自首しかねないぞ。まあそうしたって、川中はボクシングの稽古《けいこ》だったなんて言うだろうがな」

若い看護婦が、桜内を呼びに来た。新しい患者が運びこまれてきたらしい。

「ドクがいてよかった。ほかの先生だったら、下手すると警察に通報された」

「桜内さんは、ここにも勤めてるわけか」

「外科部長をやれと言われても、いやがるんだな。もぐりの医者みたいな真似《まね》が好きらしい。大崎女史は、宇野さんと博奕《ばくち》をやって、内科部長を引き受ける羽目になった。この病院は、いろいろとあって、社長も宇野さんも秋山さんも、理事に顔を連ねてる。まだベッドは二十ぐらいだが、百五十ぐらいのベッドにしようとする計画がある」

「人里離れたって感じがあるぜ」

「もともと、老人病院にしようとした人がいたんだ。海のそばだし、空気は悪くないし」

「こんなところに救急病院ってのも、おかしな感じがするな」

「下村の手を、桜内さんが切り落としたのも、ここだった。まだ診療室しかないころだ。やつは、自分の手を海に放りこんで、魚の餌にしちまったよ」

坂井が、確かめるように、窓から空を仰いだ。このところ、晴れて暑い日が続いている。

「行ってみようか。二人の恰好を見ても、笑うんじゃないぜ」

坂井が言った。私は坂井の後ろについて、廊下を歩き、入院病棟に行った。

狭い部屋で、ベッドが二つ並んでいた。二人とも、上半身裸で、点滴の針を腕に突き立てている。二人の姿を見て、笑うなと言った坂井が笑いはじめた。

「勝手に笑え」

川中が呟いた。高岸は、入ってきた私を見て眼を閉じた。

「いつかおまえがこんな目に遭った時、腹を抱えて笑ってやるからな」

「それにしても、こいつは生きがよかったでしょう。もうちょっとで、やられてたな。最後は、気力の差って感じだったし」

「おまえの眼も、ふし穴だ、坂井。俺は病院まで歩くのが面倒だったんで、気絶したふりをしたんだ。おまえひとりぐらい、相手にできる体力は残ってた」

「このところ、口数が多くなりましたよ、社長」

「その口数だがな。この坊主、なにも喋らん。いくら話しかけても、泣いてるだけだ。夢中になって、俺は舌を引っこ抜いちまったかな」

「大丈夫でしょう。これからしばらく、並んで寝てなくちゃならないんだから、いずれ喋りますよ」

私は、高岸の顔を覗きこんだ。人間の顔がこんなになってしまうのかと思うほど、腫れあがっている。細い皺になった眼から、涙が流れ続けていた。

「俺は、一週間ここで寝てろと言われた。三日は寝てるつもりだ」

「三日も、我慢できますか」

「刺されたのさ。そして、生死の境をさまよってる」

「なるほど」

「坊主は、明日の朝、西尾がどこかへ連れていけ。俺と一緒に入院してるのはまずい」

「動けるんですか、高岸は？」

「脚は、そんなにいかれてない。治療が終った時、病院を飛び出そうとしたんだからな。山根に張り倒された。つまりこいつは、一発余計なのを貰った。俺は、山根の姐御《あねご》が怕くて、大人しくしてたがね」

「つまり、動いてもいいんですね？」

「いい。ドクは、やっぱり一週間寝てろと言ったが、それは医者としての注意だそうだ」

「まあ、明日の朝まで、二十四時間あるわけだし。西尾も、それまで『シティホテル』に帰らない方がいいですね」

「そういうことだ」

坂井が頷き、行こうかと私に合図した。私は、もう一度高岸を覗きこんだ。言葉をかけようと思ったが、なにも出てこなかった。腫れあがった高岸の手を、軽く叩いただけだ。

それも、高岸が感じたかどうかは、よくわからなかった。

「餌をやっといてくれ」

私たちが部屋を出ようとすると、川中が呟くように言った。どうしようもなく、暗い声だと私は思った。いままでの口調が、嘘《うそ》のようだ。

「わかってます」

短く言って、坂井は部屋を出た。

「餌って、どういう意味なんだ?」

病院の玄関のところで、私は訊いた。

「金魚の餌だ。飼主が前に死んだ。まだこの病院を作りかけのころだった。社長は、その金魚を、自分のとこで飼ってる。すっかりでかくなったがね」

それ以上、坂井はなにも言わなかった。

24　談義

街へは戻らず、ホテル『キーラーゴ』の従業員用駐車場に車を入れた。坂井の先導に従っただけである。

すでに三階の部屋が用意されていた。

「こっちの事情で悪いが、あんまりホテルから出ないでくれ。プールで泳いだり、バーで飲んだりはいいが、レストランも避けてくれないか。ここのレストランには、よく街の人間が食事に来る」

「プールは、いいのか？」

「街の人間は、海で泳ぐからな」

「わかった。明日の朝までだな。それから俺は、『シティホテル』の荷物を、引きあげてくる。高岸を、その前に病院から出しておいた方がいいかな」

「なにをやるか、わかってるのか？」

「つまり、鉄砲玉の高岸に、かなりの乱闘の末、川中さんは刺されて重態になってる。俺は、怪我をした高岸を、捕まえた。そういうところで、いいんだろう？」

「なんのために？」

「美竜会が、動くだろう。川中さんが重態ってことになりゃ、すぐに動く。そこを叩こうと、川中さんは考えてる」

「まあ、そんなとこだな」

「高岸が、俺の言うことを聞けばいいんだが」

「聞くよ」

「そうかな。喋ろうともしなかったぜ」

「心配するな。それより、美竜会は、高岸を自首させるにしろ、逃がすにしろ、消すにしろ、とにかく捜すぜ。捕まえようとする。おまえにゃ、逃げて貰わなくちゃならん」

「わかってる」

「車、俺が満タンにしておくからな。キーを貸せ。あとで、フロントに返しておく」

坂井は、街でやることがかなりあるのだろう。急いでいる様子だった。私は、ズボンのポケットのキーを、坂井に放った。

『シティホテル』より、ずっといい部屋だった。窓の外に、ヨットハーバーと海が拡《ひろ》がっている。私はルームサービスでカレーライスを平らげると、しばらく眠り、それからプールへ降りていった。レンタルの水着もある、という案内が出ていたからだ。

プールで泳いでいるのは、十人ぐらいのものだった。街の人間が泳ぎに来た、という感じはない。もっとも、街の人間に見られたところで、どうということはなく、美竜会の連中に見つからなければいいのだ。

三十分も泳ぐと、飽きてきた。

ボンボンベッドを太陽にむけ、地下の売店で買った雑誌を読んだ。そのうち、また眠ったようだ。

「いいのかね、そんなに肌を焼いて」

眼を開けると、秋山が立っていた。椅子を持ってきて、私のそばに腰を降ろす。外でも、きちんとスーツを着ていた。

ボーイが、冷えたビールを二本運んできて、私のそばのテーブルに置いた。

「こいつはどうも。眼を醒《さま》したら頼もうと思ってたとこです」

「ホテルからの奢りだよ」

「悪いな。はじめから、ここのホテルにすればよかった」

「怪我、大丈夫なのか？」

「二人とも、頑丈みたいですよ。点滴は受けてましたが」

「君の怪我さ」

「ああ」

肋骨が一本。それはいつの間にか痛みも消えている。左腕の傷は、まだ繃帯《ほうたい》だけは巻いていたが、傷口は完全に塞がって、つっぱるような感じがあるだけだ。

「糸は、抜いた方がいいかもしれませんね、もう。明日、ドクに抜いて貰いますよ」

「高岸って少年は、よく川中を刺せたもんだ。坂井がガードしてたんだろう。よほど思い切って突っこんだんだな」

「ラグビーの選手で、一流のサイドステップを持ってるんですよ。稲妻って呼ばれてましたがね。坂井は、眼の前から消えたと思った、と言ってました」

ビールが、のどを心地よく刺激した。

「話を聞いて、ちょっと羨ましくなったな」

「川中さんが？」

「二人がさ。俺は、こんなホテルで毎日客にほほえみかけたりしている。殴り合いなんてことは、まずやらんだろうな」

「奥さんが、言ってましたよ。このホテルが、秋山さんを閉じこめるのに、小さくなってきてるって」

「あれの言いそうなことだ」

「いい母娘《おやこ》ですね、安見くんと」

「血の繫がりは、ないんだ。安見の母親は、フロリダで殺された」

「そうなんですか」

「忘れたくない。だから、血の繫がりがないと、他人の君にもあえて言うんだ」

「でも、母娘ですよ」

「そうだな。家じゃ、俺の方がのけものにされて、下宿人ってとこだ」

若い女の子が三人、水の中で嬌声《きょうせい》をあげはじめた。私は煙草に火をつけた。外にいると、波の音もかすかに聞えてくる。

「これから、安見くんも恋をしたりして、秋山さんを慌てさせるだろうな。奥さんに言われました。高岸を連れてくるなって」

「らしいね。安見は、いろんな男を見ているよ。そんな環境で育つことになってしまったんだ。だから、本能的になにかを嗅《か》ぎ分ける。高岸って少年は、なかなかのもんなんだろうと思う」

「なかなかのものでしたよ、殴り合いは」

秋山が、かすかに笑った。

ホテル『キーラーゴ』の庭は、穏やかなものだった。強いのは陽ざしだけだ。

「大事件になりますか？」

「関《かかわ》った人間の心の中で、それぞれ大事件になるかもしれない。街で起きる事件としては、あまり知る人もなく終っていくだろう」

「そういうものか」

「君の中では、大事件になるよ、きっと」

「もう、いくつも大事件がありましたがね」

「教師なんか、やめろよ。君のような男は、傷だらけになるだけだ」

「傷を傷と感じていられる間は、教師をやってる資格がある、と思ってるんですよ」

「つまり、業みたいなもんだ」

私の肩を軽く叩いて、秋山は腰をあげた。

二本のビールを飲み干す間、私はプールで戯れる女の子たちの、陽焼けした肌を眺めていた。それから、読みかけの週刊誌を丸めて腰をあげた。

夕食は部屋でルームサービスをとり、九時を回ったころに、下のバーへ降りていった。

飾り気のない、静かなバーだった。ＢＧＭすらもなく、人の話声がかすかに聞えてくるだけだ。

「なんにいたしましょう？」

カウンターの中のバーテンは、初老で半分白くなった口髭《くちひげ》を蓄えていた。

「ボンド・マティニーなんての、できるのかな？」

バーテンが頷いた。

酒ができあがるまで、私はじっとバーテンの手もとを見ていた。カクテルグラスも、氷で冷やされている。できあがった酒を、私はふた口であけた。

「もう一杯、いかがでございますか？」

「次は、バーボンのオン・ザ・ロック」

川中の酒だ。一杯飲んでみたものの、大した意味があるわけではない。

なぜあの時川中は、高岸を放せ、と坂井に言ったのか。気絶して起きあがれなくなるまで殴り合いをしようとしたのか。坂井に任せておけば、手際よく片付けただろう。

つまり、あれが男というやつなのか。

私は、男になれそうもなかった。睨みつけられただけで、失禁してしまうような人間なのだ。殴られても蹴られても、一発もやり返せないのだ。

「川中のやつ、ちょっと怪我しただけだそうじゃないか」

背中に声をかけられた。宇野だった。

「かなりすごいものでしたよ、殴り合いは」

「そんなもの、いつもあいつがやってることさ。腹でも抉《えぐ》られて、黒い血が噴き出すのを見れば、あいつも少しは後悔しただろう。自分の生き方ってやつをな」

「本気じゃありませんね」

「本気さ」

宇野の前には、註文《ちゆうもん》しなくてもウイスキーがストレートグラスで置かれた。

相変らず、顔色はよくない。それが、心の色まで人に見せてしまうような感じだった。

「高岸が狙っているのが川中さんだって、宇野さんが教えてくれたんだそうですね」

「川中は、俺の手で始末してやろうと思ってね。ほかの人間の手にかけさせたくない。坂井や下村は、考えればわかることも考えようとしないことがあるからな。自分たちが愚かだってことを、時々わからせてやるのさ」

「俺も、下村と一緒に、高岸がひとりでいたという別荘を見たんですよ。鉄砲玉は、こういうところでじっと、時機が来るのを待つんだって教えてくれたけど、現実感はなかったな」

「そういう鼻を利かせながら、下村は全体を見てない。見てりゃ、いま美竜会が消して得をする人間というのは、すぐにわかるはずだよ」

宇野がパイプを出した。私は、慌てて煙草に火をつけた。

パイプ煙草の香りは甘ったるく、私はなんど嗅いでも好きにはなれなかった。宇野の躰からも、その甘ったるい匂《にお》いが漂ってくるような気がする。

「田部みゆき、ちゃんと働いてますか?」

「ああ」

「なにか注意することでもあったら、俺が言っときますが」

「そんなのがあれば、自分でやる」

「そうですか」

ランニングシャツをやめ、ちゃんとしたブラウスかなにかを着て、ブラジャーもつけろ。宇野なら、そんなことは平気で言いそうな気がする。言えないで困っているというのが、やはり滑稽《こっけい》だが、いまそれを話題にしようという気持は起きなかった。

「街は、騒いでいるんでしょう?」

「坂井と下村と、それにくっついてる小僧どもがな。いまのところ、川中は行方不明ってことになってるそうだ」

明日になったら、病院のあたりで大騒ぎがはじまるのだろう。美竜会は、やはり高岸の身柄を必要とするのだろうか。

「俺がこの街へ戻ってきたころ、川中はキャバレーを一軒だけやっていたよ。それから『ブラディ・ドール』という店を作った。なぜ、あいつがこの街に流れてきたのか、時々不思議になる」

「宇野さんは？」

「俺は、ここの生まれさ。もう、身寄りもいないが」

「縁でしょう」

「とすると、腐れ縁だな」

「俺も、流れてきたことになるんですか？」

「流れてきて、流れ去っていけばいい。坂井も下村も、流れてきた。そして居座ったのさ。そうやっていいことは、この街にはないぜ」

「嫌いなんですか、自分が生まれたところが？」

「好きだし、嫌いだな」

「愛憎ってやつだ。日本語には、いい言葉がありますよね」

「利いたふうなことをぬかすな。俺から見ると、おまえも高岸と同じ程度の小僧さ」

「小僧でいたいですね」

「それでも、小僧じゃなくなっちまう。どうしようもなく、そうなる。それが、つまり人生ってやつさ」

「人生って言葉、嫌いじゃないんですか？」

「そう思うか？」

「なんとなく」

「小僧のころ、俺は人生が論理で片付くと思ってたよ。法律というのは、人生を論理化したものだ、とさえ思ってた」

「いま、懐疑的なんですね」

「たとえば、沢村明敏のピアノ。あれを論理で解析できるかね。できれば、ロボットだって弾ける。ところが、同じ曲を弾いても、毎日違う。聴かせようと思った相手によっても、違ってくる」

「芸術は論理じゃない。しかし哲学は論理だな。生きることの意味を、ほんとうに追究しているのは、哲学ですよ」

「陽が落ちると、話が難解になるクチか、おまえも」

私は、オン・ザ・ロックを呷《あお》り、新しいものを註文した。何杯飲もうと、酔いそうもない夜だった。客は少なく、みんなが静かに飲むことを好んでいるようだ。

「歴史というのは、なんだ、西尾？」

「いきなりですね。教師は歴史的事実を教えるだけで、歴史観までは教えません。俺は、歴史こそ、人間を論理的に解析する入口だと思いますね。つまり、人生を論理的に解析する入口です」

「歴史で、人間の憎悪や愛すらも、解析できるかね？」

「多分。俺にその能力があるかどうかは、別として」

「なぜ？」

「すでに完了してしまったものしかないからです。愛にしろ、憎悪にしろ」

「やっぱり、難解すぎる」

「俺は、それをやるべきではない、と思ってもいますが」

「ほう」

「解析されたものは、死んだものですからね」

「俺も、そんな気がするよ」

宇野が、濃い煙を吐きながら笑った。

いくら飲んでも、やはり酔いそうではなかった。

「明日、川中に会うのか？」

ふと、思いついたように、宇野が言った。

「会いますよ」

「今度のことは、東京の指図かもしれない、と伝えておいてくれ。出所してしばらくして、金山は大河内《おおこうち》に呼ばれている」

「それだけ伝えれば、わかるんですね」

「わかるよ」

川中はなぜ、高岸を放せと言ったのか、ということについて、私はまた考えはじめていた。宇野の吐くパイプの煙の中で考えるには、適当なことのように思える。

25 開始

従業員駐車場から車を出すと、私は海沿いの道を病院まで走った。

「西尾、おまえの腕の糸、こいつに引っこ抜いて貰《もら》え」

廊下で私を見て、桜内が言った。山根知子が後ろについている。

「二人とも、心配ない。いま行ってきたところだ。もう一度、同じ規模の殴り合いがやれるぜ」

私は、処置室と札が出たところに連れていかれ、左腕の糸を山根知子に抜いて貰った。痛みもなにもない。傷もすっかり塞《ふさ》がっていた。

「こういう縫ったあとを見ると、やっぱりすごい男だと思うわ。ほんとなら、あと三日は抜けない傷よね。縫い方ひとつで、こんなに塞がり方が違ってくる」

「ドクは、半分酔っ払ったみたいにして、あっという間に縫っちまったよ」

「芸術に近いわ、こういう縫い方」

「そんな人が、なんで闇《やみ》医者みたいなことをやるんだ？」

「そういう生き方が、自分に似合ってると思ってるのよ」

「俺なら、君と一緒に暮すことを、迷わず選択するがな」

「血を流す男が好きだって、言わなかったかしら。この程度の傷で、あたしを口説けるなんて思わないでね」

私はシャツを着た。傷の、つっぱった感じは消えている。

「ところで、あの二人は？」

「大人しいものよ。もっとも、川中さんはくたびれちゃったみたいだけど」

「高岸、動かしても大丈夫だろうな？」

「肋骨《ろっこつ》さえ折れてなきゃ、ラグビーだってやれるわ」

私は頷《うなず》き、処置室を出ると、入院病棟の方へ行った。

二人は並んだベッドの上で、同じように仰むけの恰好《かっこう》をし、同じように点滴の針を腕に突き刺していた。

「忘れないうちに、言っておきます。今度のことは、東京の指図かもしれないそうです。出所した金山は、大河内に呼ばれたそうです。以上、宇野さんから」

「キドニーも、腹に据えかねたか」

「伝えましたよ」

私は、高岸の顔を覗《のぞ》きこんだ。ひどい顔だが、腫《は》れだけはいくらかひいたようだ。胸から腹にかけて、晒《さらし》を巻いている。

「行こうか」

「はい。あと五、六分で、点滴が終るそうです」

きのうとは、まるで違う態度だった。

「汗は、涸《か》れちまったか、高岸?」

「まだ、いくらでも出せますよ。ただ、やめただけです」

「なにも、洗い流せはしないものな」

高岸の荷物も、あるわけではなかった。私は、ホテル『キーラーゴ』の売店で買ってきたTシャツを、高岸の腹の上に置いた。

「西尾、すべてが終ったら、高岸は俺が預かることにした」

「また、命を狙《ねら》いますよ」

「やりたきゃ、やればいいさ」

看護婦が、電話だと伝えにきた。

部屋を出ようとすると、コードレス・ホンを差し出された。

「美竜会じゃ、どうしても高岸の身柄を欲しがってる。社長がやられたらしいって情報を流したんでな。高岸が駄目だったら、多分、吉山が身代りだろう」

坂井の声は冷静で、これからの空模様でも伝えているような感じだった。

「俺は、どうすればいい？」

「とりあえず『レナ』にでもいてくれ。あそこは、病院と反対方向だ」

「まずいな。高岸を連れてくるな、と言われてる」

「そりゃ、連れてこいってことさ」

「そう思うことにするか」

「適当な時間になったら、電話を入れる。そしたら、宇野さんの事務所へ、高岸を連れていけ。おまえも一緒だ」

「なぜ？」

「宇野さんは、美竜会の顧問弁護士だ。自首させてくれと、おまえが頼みに行くという筋書きさ。美竜会としては、それは困るんだ。美竜会と関係ない人間として、高岸を自首させたいのさ」

「なるほど」

「宇野さんは断るが、まあいろいろ話合って一時間。それでおまえは外へ出ろ。追ってくるぜ、いろんなのが。つまり戦闘開始だ。それがいやだというなら、いまから言っておいてくれ」

「やるよ」

「わかった。俺たちの標的は、金山を中心とする、美竜会の強硬派、およそ二十人ってとこだ。半端なことじゃ済まないが」

「やると言ってるだろう。高岸を渡したりはせんよ」

「わかった。ちょっと社長に代ってくれ」

私は、コードレス・ホンを川中に渡した。

「そういう癖が、ついちまったんだ」

坂井の話をしばらく聞き、川中が言った。

「大丈夫だ、寝る時は大人しくなる」

私は煙草《たばこ》をくわえた。病室なのに、灰皿が置いてあったのだ。

「それから、大河内が絡んでる。金山も必死だろうが、徹底的に叩《たた》き潰《つぶ》すぞ」

川中が、コードレス・ホンを返してくる。

「金魚が、逆立ちをするんだ。病気じゃないかと坂井が心配してる。癖だと言うと、飼ってるやつに似てくるのか、と言いやがった」

川中が笑った。

私が煙草を喫《す》い終えたころ、看護婦が点滴をはずしにやってきた。

二人とも、ようやく解放されたように、躰《からだ》を起こした。高岸は、私が買ってきたTシャツを着こんでいる。

「さて、俺はこれから重態か。ドクのやつ、ここぞとばかりに、俺の鼻の穴に、管を入れるつもりらしい」

「行きますよ、俺たちは」

私が言うと、ベッドに腰を降ろした恰好で川中は片手をあげた。

高岸は、大人しくついてきた。

車に乗りこみ、『レナ』まで突っ走った。港のそばを通った時は、かなり車が多かったが、特に追ってくる車はいなかった。

入っていくと、安見が高岸を見て立ち竦《すく》んだ。

「悪いな。どうも、ここへ来ることになっちまって」

「坂井君から、電話を貰ったわ」

秋山の女房は、そう言って肩を竦めただけだった。

「誰と、こんなことに？」

安見が、高岸に訊《き》いている。

「自分で自分を、ぶん殴ったみたいなもんさ。かなりこたえたよ」

「まったく、男ってどうしてそうなの。殴り合いをしなくったって、わかるものはわかるんじゃないかしら」

「殴り合いをしたらわかる。そういうもんだってことを、はじめて感じたよ」

「あたしに、馴々《なれなれ》しい口を利かないでね。会ったのは、二度目なんだから」

私はカウンターに腰を降ろし、二人の会話を背中で聞いていた。

高岸が、私の隣りに腰を降ろす。

「一日で、なにがあったんだ、高岸？」

「なにも。川中さんと、喋《しゃべ》ってただけですよ。ラグビーのこととか、人の殴り方とか、釣りのこととか。それから、女のことも」

「変ったよ。おまえ」

「俺、自分でもそう思います」

「川中のおじさまがついてて、高校生にこんな殴り合いをさせたの？」

「その川中のおじさまが、こいつをぶん殴ったのさ」

「嘘《うそ》」

「川中のおじさまなら、やりそうなことじゃないか？」

安見が、私を睨《にら》みつけてきた。からかわれたと思ったようだ。

「おまえ、東京に帰れそうもないな」

「帰りませんよ」

「俺がこうして、迎えに来てるのにか？」

「そりゃ、申し訳ないですけど、この街にいることにしました。『ブラディ・ドール』で働かせてくれるそうですし。ただし、一度親父《おやじ》にはきちんと話をします」

「おまえが、一度俺と一緒に帰ってくれると、助かるんだがな。賭《か》けに負けなくて済むやつがいる。俺はそいつに、借りがあってね」

「じゃ、一緒に行きましょうか」

「帰るんじゃなくて、行くか」

　川中が、高岸を変えていた。どういうふうに変えたのかはわからないが、もともと高岸はこういう少年だったのかもしれない。

「はい、コーヒー」

　安見が、カップを高岸の前に置いた。

「手、動かせるの？」

「コーヒーを飲むぐらいならな」

「強がるのが男だと思ってると、また痛い目に遭うわよ」

　二人の会話をカウンターの中で聞きながら、秋山の女房が笑った。

　私は、窓の外のテラスに眼《め》をやった。夏の朝の光が、テーブルを眩《まぶ》しいほど白く照らし出している。波の音が聞えた。この音が好きで、秋山の女房は店をやっているのではないのか。ふと、そんな気もした。

　坂井から電話が入ったのは、それから三十分ほど経《た》ってからだ。

「とにかく、宇野事務所だ。駈《か》けこめ」

「宇野さんのところが、襲われるってことはないのか？」

「追い返すさ、宇野さんなら。美竜会が宇野さんに手を出すというのは、自殺行為に近いからな」

「わかった。すぐだな」

「宇野事務所を出たら、とにかく逃げることだ。逃げられるだけ、逃げてくれ。美竜会の雑魚《ざこ》が、ボロボロ出てくるはずだ。俺たちはそれを叩いていく」

「わかったよ」

「問題は、美竜会だけじゃなく、ほかのところの、つまりプロと呼ばれる連中も入ってるかもしれないことなんだ。高岸を消すってことになれば、そいつらが動きはじめる。当然おまえも狙われるぜ。だからおまえの役は、下村がやってもいいんだ」

「俺じゃ、力量不足かね？」

「そういう意味じゃなく、いやと言うならいまだ、ということだ」

「同じことを、何度も訊くな」

「わかった。俺と下村は、できるだけおまえの近くにいるようにする」

電話を切った。

「行こうか、高岸」

「はい」

高岸が腰をあげた。安見が、睨むような眼をむけてくる。

「大人しく待ってろよ。これからは、男だけでドライブだ。もうちょっと大人になったら、乗せてやってもいい」

私が言うと、安見が横をむいた。

外は晴れ続けていて、すでに暑くなっていた。私の白いカローラ・レビンも、光の中でいつもよりたくましく見える。

「俺は、車の冷房は嫌いだからな」

言って、私は熱く焼けたドアノブを引いた。

26　顧問弁護士

港のあたりが、来た時といくらか様子が違っていた。

港から四車線の産業道路にかけて、時々停《とま》っている車を見かけた。駐車中というわけではなく、運転席と助手席に人はいた。見張っている、という感じが露骨にある。

街へ入ると、私は路地を縫った。すでに、私も高岸も顔はしっかり見られているはずだ。ただ、宇野事務所までまず行き着ければいい。それは、難しくなかった。

何日かの間に、私はこの街の路地にも、多少詳しくなっていた。

宇野事務所があるビルの前に、車を停《と》めた。すぐ後ろを追ってくる車はいないようだ。

事務所へ入ると、私は奥のドアを開けた。田部みゆきが、立ち竦んでいる。

「ここで、一時間ばかり時間を潰《つぶ》すことになってましてね」

「そいつはいいが」

宇野が、私の背後の方を、ちょっと顎《あご》でしゃくった。高岸と田部みゆきが、むき合って睨み合っている。睨み合っているというのは私が感じたことで、ほんとうは見つめ合っているだけかもしれない。

田部みゆきは、さすがにタンクトップは着ていなかったが、スヌーピーの絵柄の白いTシャツにショートパンツだった。

「二人とも、まあ掛けろ」

私が言うと、高岸がさきに応接セットのソファに腰を降ろした。みゆきも、迷ったような仕草を見せたが、高岸と並んで腰を降ろした。

「知り合いらしいな、二人は。そして、西尾はそれを知っていた。そうだな」

「知りません。正確じゃないが、知り合いかもしれない、と見当はつけてました。なんとなくひっかかったんで、宇野さんに預かって貰うことにしたってとこです」

「まあ、なにか裏があるんだろうとは思ったが」

高岸が意地を張り通していることに、女が関係していないか。そう言ったのは宇野だったのだ。その女が、みゆきということなのか。高岸は、みゆきにどういう意地を張ろうとしたのか。

「一時間ある。どちらでもいいから、この街へ来た理由を、話してみないか」

「それより、高岸君の顔」

「男の子だ。殴り合いぐらいするさ」

私は煙草に火をつけた。宇野は、パイプをくわえてはいない。

「まず、どこの学校の生徒か、教えてくれないか、田部君？」

「T女子校の三年です」

「いつから、高岸と付き合ってた」

「一年の時から、知ってました。高岸君のラグビー部の応援団みたいなことやってましたから。うちの学校だけじゃなく、女子校が四校ぐらい集まって」

「じゃ、ラグビー部の連中は、みんな知ってるんだね」

そういうグループが、運動部にはつきやすい。野球やラグビーやサッカーが、特に多いだろうか。他校のことで、禁止するわけにもいかなかった。

「高岸と、個人的にも付き合っていたんだろう?」

「はい」

答えたのは高岸だった。

「それで、なんでこの街へ来たんだ。つまり、高岸を捜しに来たのか?」

「そうです」

「よく、この街にいるとわかったな」

「吉山君に会って、借りを返してくるって、高岸君、家を出る前に言いました。卑怯者《ひきょうもの》じゃないことを、証明してくるって」

「吉山も、知ってるよな、当然?」

「何度か電話を貰いました。この街から」

「卑怯者じゃないことを証明するってのは、普通の状態じゃやらん。卑怯者だと誤解された時に、やることだがね」

私が言うと、宇野がにやりと笑ったようだった。

「あたしが、卑怯者って言っちゃったんです。それを高岸君、気にしちゃって」

「高岸が、卑怯なことをしたのか?」

「言いたくありません。それについては」

みゆきが、はじめて頑《かたくな》な表情を見せた。

宇野がパイプを出していじりはじめた。中の灰を掻《か》き落としてしまうと、デスクの上の缶に手を突っこみ、新しい葉を出すと詰めはじめた。

「卑怯なことってのは、なんなんだ。君はそれを誰かに聞いたんだろう? 人から聞いたことで卑怯者と言ってしまった」

宇野が、デスクから腰をあげながら言う。

「伝聞でそう言ってしまったのに、高岸は行動を起こした。それで気になったんだ。人間の心理としては、当然と言っていい。そして、ついに耐えきれずに、この街へ来てしまった。この街で、真相が確かめられるかもしれなかったからだ。つまり、君は吉山から聞いた話で、高岸を卑怯者と言ってしまった。違うかね?」

さすがに、宇野は鋭かった。法廷でもこんな具合なのだろうか。パイプを握ったまま応接セットのまわりを一周すると、私の隣りに腰を降ろす。

「吉山には会ったのかね、この街で?」

「いいえ。電話番号を聞いていたんですけど、そこにかけても女の人が出ます。二度ともです。どうやって二人を捜そうか、考えてたところだったんです」

宇野が、パイプに火を入れた。

「吉山は、なんと言ったんだね。吉山も高岸も、俺の教え子だよ。真相の一部については、俺もいくらかは知ってると思う」

「東京から来た先生だって話、ほんとだったんですね」

「あの時、君は信じたように見えたが」

「半分だけ」

「どれを信じ、どれを信じちゃならないか、まだ知らない。そんなことを言うつもりはない。君が、多少俺を疑っても、当たり前のところはあるしな」

甘ったるい匂《にお》いが漂ってくる。高岸は、テーブルの一点を見つめて、黙りこんでいる。

私は煙草に火をつけた。コーヒーを飲みたいと思ったが、宇野の事務所にはひどいものしか置いてなかったことを思い出した。

「吉山君、一年の時から、あたしのことを好きだとずっと言い続けていました。あたしは、高岸君のファンだって言ったんですけど。去年の秋、高岸君や吉山君が喧嘩《けんか》の事件を起こしたりして、それもあたし、吉山君から聞いてました」

「それで」

「吉山君が、あたしを呼び出して、言ったんです。高岸君の分まで、自分が罪を着て退学になってやるって。学校は退学にできる人間を欲しがっているだけなんで、自分がなるつもりだって。でも喧嘩の件だけじゃ、やっぱり高岸君も一緒ってことになるから、別の事件を起こして退学になるって。その時に、高岸君の罪の分まで、被《かぶ》って行ってやるって。

事実、その五日後に、吉山君は事件を起こして翌日退学になりました。この街へ帰るって、事件が片付いてから、あたしに言いにきました」

「あの事件は、確かに吉山がわざとやったようなところはある。渡りに船と、学校は吉山を退学にしたが、もうちょっと待てば、事件じゃなかったってわかったんだ」

「高岸君、校長室で二時間叱《しか》られたぐらいで済んだって、威張ってました」

「喧嘩ぐらいで、俺を退学になんかできるかって気が、確かにありました」

高岸が、テーブルの一点を見つめたまま言った。

「吉山は、勝手に自分で起こした事件で、退学になったんだとも思ってました」

「それが、吉山の分まで頑張れなんて、余計なことを吹きこんだ教師がいた。おまけに、彼女に卑怯者なんて言われた」

そこまで言われれば、という気がする。たったそれだけのことで、という気もする。

「卑怯者と言っちまったシチュエーションは、どういう具合なんだね」

宇野が訊いた。みゆきはうつむいて、唇を引き結んでいる。

「俺が抱こうとしたんです、無理に。その時、言われました。俺のために吉山が罪を着て、やくざになろうとしてるって」

「おまえのために、か」

「実際、そうだろうと思いました。考えれば考えるほど、そうとしか思えないんです。そして、それをみゆきに言われたことが、俺には我慢できませんでした」

男が、どこに、なぜこだわるのか。それは状況にも、個人の性質にもよるのだろう。卑怯者と言われた高岸が、どうしても自分を許せなくなった。それは、なんとなくだが私に理解できた。

「おまえのために、吉山はやくざ者に堕《お》ちていったわけか」

「必ずしも、それだけじゃない」

宇野が口を挟んだ。パイプはもう消えているらしく、煙は出てこない。

「吉山には、美竜会に幼友だちがいてな。誘いはかけられてたようだ。美竜会に入るために、退学を選んだ面もある。普通の社会じゃマイナスのことが、プラスになることが多い世界だ。退学も美竜会に入るためには多少の箔《はく》ってやつになって、まともに卒業するよりはプラスだっただろう」

「幼友だちって、宇野さん、吉山のことを調べたんですか？」

「おまえの話を聞いた時に、一応な」

「そうですか」

「吉山は、俺を笑ってましたよ。おまえに、やくざなんてやれるはずがないだろうって。金山という人に会わせてくれましたが、やっぱり笑われました」

「だろうな」

宇野が、パイプに火を入れた。

「ほんとに、おあつらえむきのやつが現われたもんだよ。卑怯者と女に言われ、友だちには大きな借りを作ったと思いこみ、そのすべてをそそぎたい、と思ってるやつがな。あとはひとりにして、その思いをとことん煮つめさせてやればいいんだ。そして、対象を教え、ある日ゴーを出す。典型的な鉄砲玉の作り方と使い方だ」

「やくざになる資格、と言われました。人に罪を着せるようなやつが、やくざなんかやってられるかって。俺は、なんでもやってやろうって気になりました」

「俺に近づいたのは、やっぱり金山の指示だったのか？」

「そうです。でも、半分は先生のそばにいて、安心できるってとこがありました。きのう、川中さんにいきなり出会《でくわ》すことにならなきゃ、少しずつ気持は挫《くじ》けたかもしれません」

「挫けたら、またそれをみんなで笑いものにする。そうやって、極限状態に追いこんでいくんじゃないのかな。宇野さんの話からだと、そうだな」

「そうだ。だから、鉄砲玉は危ない」

「やくざの世界は、口で言うほどきれいな事ではないんだ。口だけで、義理だのなんだのと言ってるだけかもしれないしな」

「まあ、いい。田部君、コーヒーを淹《い》れてくれないか」

　みゆきが立ちあがった。パイプの煙が流れてくる。私は立って窓際に行き、煙を抜くために窓を開けた。私の車の後ろに別な車が一台停っていて、ひとりが私の車を覗きこんでいるのが見えた。

みゆきが、コーヒーをテーブルに並べはじめた。やけに早い。私は椅子《いす》に戻り、ちょっと口をつけた。

「インスタントさ。この娘が、勝手に持ちこんできた。うちのコーヒーは、人間の飲むものじゃないそうだ。そういうものを飲ませようという俺の気持は、とんとわかってくれなくてね」

「宇野さんの弱味ってのは、案外そんなところですか」

「自分でも、ちょっと呆《あき》れてる」

宇野が、また濃い煙を吐いた。

性急なノックが聞えた。返事をする前にドアが開き、三人飛びこんできた。

「宇野先生、その高岸ってガキを、こっちに渡していただけませんか?」

年嵩《としかさ》の、それでもまだ二十二、三という男が、ちょっと頭を下げて言った。

「ここをどこだと思ってるんだ、中田《なかだ》?」

「そりゃ、先生の事務所ってことはわかってますが、こっちはその野郎に用事があるんですよ。朝から、ずっと捜してました」

「おまえらに用事があろうとなかろうと、俺には関係ない。この坊やの弁護を頼むと、西尾先生が飛びこんできた。いま、事情を聞いてるところさ」

「先生、高岸はうちの」

「おまえのとこの会員の名簿は、俺のデスクにある。それに高岸なんて名前はないぞ。いつも言ってるはずだ。名簿はきちんとしとけってな。俺は、この坊やの話を聞く。川中となんかあったらしいんで、面白いことになったと思ってたとこなんだ」

「金山の兄貴が、そいつを捜してんですよ」

「金山に言っておけ。俺に無断でやったことについちゃ、面倒はみないとな。とにかく、いま仕事中だ。出ていけ」

「先生。頼みますよ」

「駄目だ。もしかすると川中の弱味を握れるかもしれんのに、おまえらに渡せるか。これ以上、俺の仕事の邪魔をするのか、中田」

「そんなつもりは、毛頭ありませんや。ただそいつは」

「おまえもしつこい男だ。こんなところに出入りしてると、坂井や下村に見つかるぞ。あいつらと、まともにやり合える自信があるのか」

中田が、うつむいた。名前だけで、たとえチンピラでもうつむかせるとは、坂井も下村もなかなかなものだ。私は、そんなふうに、暢気《のんき》に構えていた。ここに来る美竜会の連中は、宇野が追い払ってくれそうだ。

「とにかく、事情を聞いて、川中の弱味を握れそうだったら、俺はこの坊やの弁護をやる。

つまらないことだったら、そう判断した時点で帰って貰う」

「わかりましたが、先生の望んでるようなことは、こいつからは出ませんよ」

「それは、俺が決める。これ以上、俺を煩わせるなよ。少し腹が立ってきたぞ」

「わかりました」

「坂井と下村には気をつけろ。このあたりをうろついてると、すぐに見つかるぞ」

中田と呼ばれた男が頷き、頭を下げて出ていった。

「やくざに顔が利きますね。宇野さん」

「あのチンピラは、俺の手加減ひとつで、三年ばかり懲役に行かなきゃならなくなる。言いはしないがね。あいつはそれをよくわかってる。顔が利くというのは、つまりこういうことさ」

「勉強になりますよ」

私は時計に眼をやった。ここへ来てから、三十分といったところだ。あと三十分ばかり、無駄話をしてから、ここを出ればいい。

みゆきが、ちょっと怯《おび》えているようだった。ソファで、躰を固くしている。

「君は、高岸が家出をしちまってから、後悔したわけか？」

「あんなこと、言わなきゃよかったと思いました」

「高岸を、好きだったんだね」

「いまも」

言って、みゆきが下をむく。高岸の顔は痣《あざ》だらけで腫れていて、どういう表情かよくわからなかった。

「連中、行っちまったかな。高岸、ちょっと下を見てくれ」

立ちあがった高岸が、窓から下を覗いた。

「いません」

「坂井と下村に見つかるのが怕《こわ》いのさ。美竜会の連中は、みんなあの二人を怕がってる」

「かわいいやつらだ、と思いますがね」

「あの二人がやってきたことは、美竜会の連中の比じゃない。あの二人が本気になりゃ、確かに半端じゃないしな」

宇野は、コーヒーに口をつけなかった。

「正式の事務員は、どうしました？」

「休暇をやったよ、一週間。いきなりだったんで、びっくりしたようだ」

宇野が煙を吐いた。ソファに戻ってきた高岸が、馴《な》れた仕草で煙草をくわえ、火をつけた。

27 追跡車

十一時二十分に、私と高岸は宇野の事務所を出た。なにをやるつもりなのか、勿論《もちろん》、田部みゆきには言わなかった。出かけてくると言っただけだ。高岸にだけ、気をつけてとみゆきは言っていた。

ビルの近くに、連中の姿はなかった。

私と高岸は車に乗りこみ、まず海の方へむかって走った。

途中から、軽自動車が一台だけ付いてきた。突っかけてはこない。

海沿いの道に突き当たった。左へ行くとホテル『キーラーゴ』や病院があり、右へ行くと港になり、さらにその先が『レナ』だ。

右へ曲がった。

港を通りすぎたところで、付いてくる車が三台になった。

「おまえ、田部みゆきが好きか？」

「わかりません」

「彼女は、おまえを好きみたいだぞ」

「そうですね。俺も、東京を出る時は、好きだと思ってましたよ」

「いまは？」

「だから、わからなくなったんです。正直に言うと、会った時、なにしにきやがったんだ、という気になりました。ちょっと面倒臭いような」

「勝手なやつだ。無理に抱こうとしたんだろうが」

「卑怯ですか？」

「男ってのは、勝手なもんさ。それにおまえ、自分が卑怯かどうかにこだわって、こんな目に遭ってるんだぞ。あんまりこだわらないようにしろ」

「卑怯と言われりゃ、こだわりますよ」

「他人に言われてどうこうってんじゃなく、自分がそう思うかどうかが、大事なんじゃないだろうか」

三台は、一定の距離で付いてきている。まだ人家が多い場所だ。

「俺は、吉山の退学を決めた職員会議で、ちょっとひどいと思いながら、反対意見も出さなかった。ほんとなら、それきり忘れたはずだが、受持クラスのおまえが、今度は家出しちまった」

「自分のこと、卑怯だと思ったんですか、先生は？」

「卑怯って言葉で、認識はしなかったような気がする。むしろ、侮蔑《ぶべつ》されたような気分だった。おまえにじゃなく、なにかわけのわからないものにだ。それが我慢できなくて、なんとなくおまえを捜しに来たんだと思う」

「なんとなく、ですか」

「俺の人生は、いつもなんとなくさ。いまだって、なんとなくおまえとひとつのことをやり遂げてみようって気になってる」

「先生だって、多分、なにかにこだわってるんですよ」

「だろうな」

家並みが途切れはじめ、ところどころ、道の両側は松林だけになった。三台が、少しずつ距離を縮めてくる。

「俺、女と別れてね」

「どうしてですか？」

「女が、結婚したがった。俺は、あまりしたいとは思わなかった」

「逃げたんですか？」

「そうなるだろうな。なんとなく、さよならと言っちまったよ」

「悲しんだでしょうね、その人」

「言うなよ、高岸」

「男っての、なんなのかな。俺、川中さんの横でひと晩寝てて、そればかり考えてましたよ。不思議な人だな、あの人。とりたててどうって話もしないのに、男だって思っちゃいました」

「川中さんが、預かると言ってたが」

「俺は、どこかねじ曲がってるんだそうです。これからさき、まともに生きられそうもないやつだから、親しみを感じるって」

「ふうん」

「変な人ですよ」

運動神経と体力に恵まれていたので、高岸は高校では一流のラグビー選手になれた。それが、高岸をどこかでねじ曲げたのか。

成績は悪くないのだから、ごく普通のまともな高校生でいた方がよかったのか。このまいけば、どこかの大学にラグビーで入り、ラグビーで大会社にも入れる、という状態に高岸はいた。その一見幸運にも思えるものが、どこかで微妙に高岸をねじ曲げたりはしなかったのか。

「後ろから来るの、三台だけですか？」

「いまのところな」

両側が、ほとんど松林だけになった。『レナ』の前を通り過ぎ、ちょっと坂を登って下ると、海水浴場のある海岸だった。車が増え、付いてきた三台は、また少し距離をあけた。海水浴場の前を通りすぎる。夏だけ、活気に溢《あふ》れる海岸なのだろう。粗末な造りの海の家などが、かえって夏以外の季節の淋《さび》しさを連想させた。

「しかし、おまえは変った」

「いいように変ったんでしょうか？」

「それは、これからのおまえ次第さ」

「学校の先生みたいなことを、言いますね」

「教師だからな」

「いまやろうとしてること、学校の先生がやることとじゃないですよ。だから、俺は担任の先生だなんて思ってません」

「煙草とってくれ」

高岸が差し出した煙草をくわえた。カーライターで火をつけた。窓を全開にしているので、ライターは使いにくいのだ。掌《てのひら》でしっかり囲ってやらないと、風ですぐに火が消えてしまう。

「殴られては立ち、殴られては立ちしている間に、俺は自分が変っていくような気がしてました。なにか固いものがぶっ毀《こわ》されて、中から別のものが出てきたみたいに」

「そんなふうにして、人間は変るのかな」

「卑怯だと言われて我慢できなかったのも、いま思うとおかしいような気がします。吉山に、おまえよりすごいことができると見得《みえ》を切ったのも」

「吉山は、レギュラーにもなれなかった選手だ」

「そんなこと、関係ないですよ。みんな、泥にまみれながら、懸命にやってた」

「そう思えるのか？」

「いまは、そう思ってます」

「惜しいな。ほんとにいい選手になれるぜ」

「遅いですね。遅いですよ。高校に入ったころに、そう思ってれば、いい選手になれたかもしれません」

「まだ、大学があるじゃないか」

「資格ありませんよ。俺、人を殺そうとしたんですよ」

「そうだよな。あれは、殺人未遂だ」

「はっきり言いますね」

高岸が、低い声で笑った。

前方に、モーテルの建物がいくつか見えてきた。その中の一軒から車が出てくると、道を塞ぐような恰好で停った。

「来たな」

「そうですね。シートベルトは、しっかりしてますから」

「まだ、大したことにはならんさ」

右に、二メートル以上の余裕がある。

私は、車のスピードを落とした。仕方なく停る。そう見せかけた。車の手前二十メートルほどのところで、二速にシフトし、全開にした。

呆気《あつけ》ないほど簡単に、道を塞いでいた車をかわしていた。

「意外ですよね。あの西尾先生が、こんな運転がうまいっての」

「見直したか?」

「もう、見直してますよ。この街に来てるって聞いた時から、見直してます」

前方に車はいなかった。スピードをあげる。付いてくる車は四台になっていて、先頭の車は距離を詰めてきた。

「不思議ですよ。別荘なんかを転々としながら、殺す、殺すって自分に言い聞かせてたの。川中さんに会ったこともないのに、ただ殺すって、思い続けてたんですから」

「ずっと、ひとりだったのか?」

「吉山が、二度女を連れてきました。二日続けてね。三十ぐらいの、胸の大きな女でした。いやがってると、無理にくわえてきやがるんですよ。二回やって、その間吉山は外で待ってて、翌日は三回やって、その時も吉山は外で待ってました。ところが、三日目には来ないんですよ。四日目も五日目も、それからずっと来ないんです。なんかこう、やりきれないような気分になってきて、もう殺す、殺すと思ってるしかなくなっちまうんです」

かなりのスピードになっていた。後ろの車は、二十メートルぐらいに近づいている。

「おまえ、女は？」

「三人。高二のはじめの時からです。吉山が連れてきたのを入れると、四人ですね」

「生意気な野郎だ」

「そういうことに、なっちまったんです」

「田部みゆきからも、拒まれるなんて思ってなかったろう？」

「その上、卑怯者って言われるなんて」

「女は、怕いんだ」

「なんとなく、わかりました」

「なんとなくは、俺だけでいい」

ミラーから注意をそらさなかった。

一台が抜こうとしてくる。四速から三速に落とし、私は踏みこんだ。

そのまま、四速にあげる。後ろの車が遠ざかった。

「そろそろ、山の方へ入ろうか」

「余裕がありますね、まだ」

「この車を、ただの車だと思うな。新車を一台買える金をかけて、チューンしたんだ」

「族《ゾク》やってるんですか、先生」

右への道が見えた。二速まで落として、そこを曲がった。

付いてくるのは、二台だ。あとの二台は、どこかで遅れたのか。

「やつら、俺をどうする気だと思います？」

「殺す気だろう」

「川中さんを刺したら、事務所に行って、誰かに付き添われて自首する。話はそんなふうに決まってたんですよ」

「そして、少年刑務所を出て戻ってきたら、幹部クラスか」

「口だけなんでしょうね」

「美竜会としちゃ、川中さんを刺したのは自分たちと関係ない人間だ、と言い張りたいさ。それには、おまえがこの世にいないのが一番いい。俺は、そう思うな」

「俺も、そんな気がします」

「それにしちゃ、落ち着いてる」

「あれだけ人と殴り合えば、一度死んだようなもんだと思えましてね」

登りになった。しかも曲がりくねっている。この車の性能を、フルに発揮できるような道だ。

一台だけ、追ってきた。黒いベンツだった。さすがに、排気量に物を言わせている。このベンツが、どこから加わったのか、私には判断できなかった。海沿いの道で、四台付いてきた時に、黒い車はいなかった。

乗っているのは二人。そこまで確かめてから、私はスロットルを全開にした。二速と三速を使い分けながら走る。ベンツが遅れはじめた。

コーナーで、横に滑る。カウンターを当てて、なんとかしのいでいく。さらにベンツは遠ざかり、ミラーには入ってこなくなった。大型のトラック。コーナーで出会《でくわ》した。かろうじて、かわした。登るにしたがって、道は狭くなっている。

「いまのトラック」

「どうした？」

「金山さんが乗ってました」

「方向転換をして追いかけてくる。まず無理だな。荷物を積んでない時のトラックは、ちょっと手強《てごわ》いがね」

ブレーキ。シフトダウンが、小気味よく決まる。ドリフトでも、楽に押さえこんでいられた。

「俺も車も、全開だ」

叫んだ。横に振られるので、高岸はシートに背中を押しつけているようだ。

「逃げきりましたよ、きっと」

「やくざってやつは、女みたいにしつこいに決まってる」

「ヘルメットを被っとけばよかったな。頭が瘤《こぶ》だらけになっちまう」

小さな村を通りすぎた。

さらに狭い道に、私は車を入れた。林道と呼んでもいいような道だ。トラックで入ってくるのは、ちょっと無理だろう。

そこを走り抜けると、いくらか広い道に出て、すぐに小さな街だった。雑貨屋で、パンを売っていた。

「昼めしを、買っておけ」

停めると、高岸が飛び出していった。すぐに袋を抱えて戻ってくる。

しばらく、普通のスピードで走った。追ってくる車はいない。対向車には何度も擦れ違ったが、美竜会の連中が乗っているようなものは見かけなかった。

「振り切ったかな」

「みたいですね」

また、林道のような道が見えた。私はそこに車を突っこんだ。十分ほど走り、ちょっと広くなったところで、方向転換をしてから停めた。

28 銃撃

のんびりと、昼めしを食った。

パンがいくつかと、牛乳とコーラしかないが、昼めしにありつけるだけ運がいいというものだ。

「もう、俺たちを捜すのは、そんな簡単なことじゃなくなってるな」

のどにひっかかるようなパンを、私は牛乳で流しこんだ。パンはあまり好きではなかった。子供のころから、朝食は和風だった。パンを食べるようになったのは、教師になってからだ。

「先生の家、すごい会社だっていう噂《うわさ》がありましたけど、ほんとですか？」

「親父が、事業に成功したのさ」

「先生は、会社を継がないんですか？」

「俺なんかが継げば、すぐ潰れる。人迷惑になるだけさ」

「勿体《もったい》ない話ですね」

「会社を潰しちまう方が、勿体ないと俺は思うぜ」

「とにかく、恵まれてるんだ」

「おまえだって、金持ちの家の子供じゃないか」

「おふくろは、死にましたけど」

パンはなくなっていた。

私はリクライニングを少し倒して、煙草に火をつけた。蟬《せみ》が鳴いている。それが、逆に静けさを強く感じさせた。

「こんなとこで暮すと、いいでしょうね」

「年寄り臭いことを言うなよ」

「俺は、走りすぎたんですよ。そんなに走ることなんかなかったのに、とにかく走り続けちまった。なんとなく、自分がつまらなく思えます」

「なんとなく、という言い方はよせ」

「先生だけの言葉じゃないです」

煙草を消した。

眼を閉じる。蟬の鳴声だけが耳に流れこんできた。私は、これまでの人生で、一度でも走っただろうか。走らなければならないと、自分に思いこませたことがあっただろうか。

高岸が降りて、木の幹に立小便をはじめた。金山が近づいてきた時、失禁した自分を思い出さないわけにはいかなかった。あれを、屈辱というのだろう。それでも私は、なんとなくそれを受け入れた。

午後一時半を回っていた。いまが一番暑い時間だが、木立ちに囲まれた場所は、ひんやりとしている。

「蚊がすごいな。走った方がいいですよ、先生」

「気力が湧《わ》いてこないんだよな」

「えっ」

「走るってことにさ。面倒だと思ったり、なんの意味があると考えたり」

「どうしたんですか？」

「車の運転じゃない。人生において、走るっていうことでさ」

私はシートを起こし、車を出した。

すぐに元の道に出た。

しばらくは、流すように走った。付いてくる車がいれば、いつでも振り切る自信はあった。どんな性能のいい車に乗っていようと、腕がなければ山道では役に立たない。

流すつもりでも、先行車を軽く抜いた。

「ほんとに、車が好きなんですね、先生」

「友だちが車だけ、という時期がかなりあった」

「なんとなく、わかります」

言って、高岸は舌を出した。なんとなく、という口調は移ってしまったらしい。しかし私のなんとなくは、心の底の思いでもある。

広い道路に出た。アップダウンも、それほどなさそうだ。幹線道路だろう。

二キロほど走ると、標示が出てきた。N市へ戻るような方向に走っている。そろそろ、戻ることを考えてもいい時かもしれない。下村と坂井は、かなりの成果をあげたに違いなかった。

山の中の道を、二十分ほど走った。バスも走っている。やはり幹線道路だ。バスを抜くと、すぐに街があった。

「連絡してみよう。そろそろ片付いたころだろう」

私は、雑貨屋の店先に公衆電話を見つけて、車を停めた。

黒いスカイラインの自動車電話。山間《やまあい》で繋《つな》がるかどうか不安だったが、しばらくしてコール音が聞えた。

「どうした？」

下村の声だった。

「俺だよ。坂井も一緒か？」

「西尾。いまどこだ？」

私は手短に場所を説明した。下村の緊張した声は、まだすべてが終っていないことを私に教えた。

「わかった。いいか、よく聞けよ。いますぐ、車を捨てて、どこかへもぐりこめ。その車には、電波発信機がつけてあるそうだ。捕まえて締めあげたやつが、吐いた。くそっ、つけた場所がどこだかわからないんだ」

「発信機だって」

「金山の猿知恵だ。居場所は摑《つか》まれてるぞ。かなり叩き潰したが、金山のトラックがまだ残ってる。ほかにいないとも言えん。いいか、すぐ言った通りにするんだ」

「心配するな。俺は車じゃ、誰にも負けない自信がある。プロのレーサーでも出てこないかぎりはな」

「高岸を消すと決めてるようだ。おまえも、一緒にやられるんだぞ」

「ハンドルを握ってりゃ、大丈夫さ」

「いいか、美竜会だけじゃない。東京の大物が、プロを送りこんできてる。三人だ。ひとりはこっちが押さえた。もうひとりは、かなりひどい怪我《けが》をしてるはずだ。それでも、もうひとり残ってる」

「来ればいい。いつでもバトルを受けて立つよ。燃料は、まだたっぷり残ってるしな」

「銃を持ってるんだぞ、西尾。やくざとは違うんだ」

「わかったよ。どこかで、車を捨てる」

「どこかでじゃない。いますぐ、車から離れるんだ」

「わかった」

「俺たちは、そっちへむかう。プロのひとりと金山を押さえれば、あとは雑魚だ。俺たちがそこへ行くまで、どこかにもぐりこんでじっとしてるんだ」

「じゃ、もうすぐ片付くんだな」

「多分、もう、二十人以上叩いたよ。車が十台さ」

「よくやった」

「冗談なんか言ってねえで、早いとこ車を離れてくれ」

「わかった」

私は車へ戻った。

「どうでした？」

「どこかで、車を捨てろとさ。この車に発信機がつけられてて、居場所は掴まれているらしい」

「そうなんですか」

「もう、美竜会の車は、十台も叩き潰したらしいがね。金山が残ってるらしい。それから東京からきたプロもな」

「先生の腕なら、車の中の方が安全だという気がしますよ。追いつかれなきゃ、居場所を掴まれたって、どうということはないし」

「俺もそう思うが、下村は焦ってる。どこかで、車を捨てることにしよう」

それでも、十分ほど走った。

黒いベンツが、横道から飛び出してきた。かわした。やはり、居場所は掴まれていたのか。いまから車を捨てるのは、遅すぎる。
ミラー。運転しているのは、ひとりだ。禿《は》げあがった中年男だが、顔半分に濃い痣があ
る。いや、血かもしれない。
運転している人間の状態が、車には出る。どこか、不安定な走りをしていた。かなり大
きな怪我をした、プロのひとりがこの男なのか。
幹線から、横道に飛びこんだ。アップダウンのワインディングが続く。すぐに、ベンツ
は遅れた。私は、少しスピードを落とした。追いついてくる。すぐ後ろにまで迫る。少し
ずつ、ほんの少しずつ、私はスロットルを開いていった。ベンツも、踏みこんでいるよう
だ。獲物を五、六メートル前にしていれば、やはり踏みこむだろう。ハンドルを握って歯
を食いしばった男の表情が、はっきりと見えた。
下り。そのままの距離で、ベンツは付いてくる。私は、前方のコーナーの角度を、なん
とか読もうとした。見通しがいいところで、きついコーナーはないか。
左側が七、八メートルの崖《がけ》。右が岩肌。コーナー。かなりきつい。
「つかまってろ」
叫んだ。さらに少し、スロットルを開く。明らかにオーバースピードだ。ベンツは付い
てくる。そのままコーナーに突っこんだ。車の尻《しり》が、左へ流れた。思い切り、右へカウン
ターを当てた。私のカローラ・レビンは、真横になったままコーナーを抜けていった。

ベンツが、制御しきれず、崖に飛び出していくのが、ミラーの中に見えた。

「すごい」

ふり返った高岸が叫ぶ。崖から飛び出したベンツは、回転して下へ落ち、腹を見せてひっくり返ったようだった。

怪我をした方のプロは片付けた。電話で、下村にそう教えてやりたかった。

広い場所を見つけて、方向転換した。

崖の下のベンツを見降ろしながら突っ走り、元の幹線道路に出た。十分ほど、走り続ける。車を捨てた方がいいのか。そういう思いもあるが、この車は私の躰の一部のようなものだ。

「やりましたね」

「車に乗ってれば、俺は無敵さ」

「信用しますよ。あんなふうに、横になって車が走ったの、はじめてです」

「ドリフトという。馴れれば、難しい技術じゃない。コーナーに、ハイスピードで突っこむ度胸があればいいんだ」

車は、やはり捨てきれなかった。腕を、一本捨ててしまうようなものだ。

道が登りになった。時折、対向車がやってくる。みんな、のんびり運転していた。

登りきると、道はまた平坦《へいたん》になった。両側は雑木林だ。そろそろ、横道に入った方がいい。そう思ったが、車が入れそうな道がなかった。行き止まりだと、それこそ袋の鼠《ねずみ》だ。

前方に、軽自動車がいた。その後ろに、大型トラック。

「吉山」

高岸が叫んだ。軽自動車のハンドルを握っているのは、吉山だ。顔は強張《こわば》り、泣いているように見える。後ろのトラックに押されるように、軽自動車がスピードをあげた。

ぶっつけてくる。とっさに、そう判断した。軽自動車で、本気でぶっつけるということは、ほとんど死ぬことに近い。

つまり鉄砲玉。吉山も、鉄砲玉だ。

私は反射的にブレーキを蹴飛《けと》ばし、右にハンドルを切り、サイドブレーキを引きあげた。車がスピンをはじめる。軽自動車が突っこんでくる。眼を閉じ、顔をくしゃくしゃにした吉山の顔が、はっきりと見えた。

衝撃があった。私の車の後部が、軽自動車を弾《はじ》き飛ばしたようだ。私はサイドブレーキを戻し、クラッチを繋いで全開にした。尻の方で、いやな音がした。トラックが、軽自動車をさらに弾き飛ばして、突っこんでくるのが見えた。

思うように、スピードが出ない。二速で全開にしても、回転があがらなかった。エンジンは傷んでいないはずだ。二速で踏みこみ続けた。トラックが、ミラー一杯に迫ってくる。しかし、ぶつかるところまで、近づいてはこない。トラックも一杯のようだ。

ほんの少し、車がスピードに乗った。踏ん張れ。私は声に出していた。

「先生、吉山は？」

「わからんが、あれじゃ生きていても、かなりの怪我だ」

「あいつ、鉄砲玉に使われた」

「そうだ。泣きながらな」

「馬鹿が。鉄砲玉があんなもんだって、俺を見てればわかるのに」

「いやでも、やらなきゃならない。それがあの世界の掟《おきて》みたいなもんだろう」

トラックとの距離が、三、四十メートルほどになっていた。このまま私のカローラ・レビンが踏ん張ってくれれば、なんとか逃げきれる。

「馬鹿が」

高岸が、また言っていた。

下村と、坂井は、まだなのか。私は、教えた幹線道路をはずれてはいない。下り。さらにスピードが乗ったが、トラックも速くなっていた。

思い切って、五速にあげた。回転が下がる。あるところまで、タコメーターは振れた。スピードがあがっていた。コーナー。尻が滑りかかるのを、私はカウンターで押さえこんだ。

「ひとりですよ、先生。金山はひとりです。停めて、やってしまいましょう」

「おまえ、肋骨が三本折れてるんだぞ」

「くそっ、怪我してなきゃ、あんなやつに負けないのに」

私がいる。不意に思った。ほとんど怪我もしていない私が、闘える人間としてここにいる。問題は、車を捨てても、同じように闘えるかどうかだ。

回転が落ちてきた。下りきって、道がまた平坦になっている。三速。二速。トラックがミラーの中で覆い被さってきては、離れていく。エンジン回転が、不安定になってきたようだ。

私のカローラ・レビンの心臓は、どこが毀れたのか。衝突によるショックとしか思えなかった。後部は、ぐしゃりと潰れているようだ。

横道があった。トラックが入れるかどうか。私の車なら、入れる。

突っこんだ。ダートで、草の中に轍《わだち》があるような道だった。トラックも、強引に突っこんでくる。右、左とコーナーが続いた。エンジンが、時々停りそうに頼りなげな音になった。もうちょっと。もうちょっとだけ、踏ん張れ。叫びながら走った。トラックが立ち往生した。コーナーを曲がりきれなかったのだ。

急な登り。バックファイヤーを連続した。停りかけては動くことをくり返していたエンジンが、ついに静かになった。

私は、軽くステアリングを叩いた。

よく、踏ん張った。そう言ってやりたかった。私の躰の一部だとしたら、こいつが一番踏ん張った。

「先生」

「俺は、覚悟を決めたぞ。おまえ、逃げろ」

「先生は？」

「俺は、金山をここで叩き潰す」

「俺をまた、卑怯者にしないでくださいよ」

「怪我人さ、おまえは」

私は、グローブボックスから、ナイフを出した。高岸が、川中を刺したナイフ。

「逃げられるだけ、俺と逃げてください。やつは、拳銃《けんじゅう》を持ってますよ」

「拳銃？」

「助けが来るまで、走りましょう。それが、いまできることじゃないですか」

「わかった」

自分が臆病《おくびょう》さにとらわれていないことを確かめて、私は言った。車を降りる。急な坂を登ってくる、金山の姿が見えた。ひとりだ。

走った。

銃声が二発追ってきた。やはり、拳銃を持ってる。十メートル以内に近づいた時は、確実に撃たれているだろう。

高岸が喘《あえ》ぎはじめていた。激しく躰を動かすと、やはり怪我にこたえるのか。私は、高岸のすぐ後ろを走った。金山は追ってきている。

このままでは、高岸の息があがってしまうだろう。高岸を残して逃げる。それは方法としてあるだけで、私の選択肢の中にはない。

闘えるのか。走りながら、自分に問いかけた。どうやって闘うのか。

高岸が膝《ひざ》をついた。脇腹《わきばら》を押さえている。

闘える。自分に言い聞かせた。ナイフがある。手も足もある。命がある。だから、闘える。

高岸が、また立って走りはじめる。金山との距離が、いくらか縮まっていた。それは、走りはじめても開きはしなかった。今度高岸が膝をついたら、追いつかれるだろう。

「高岸、左の斜面に登れ。そこまで登れば、雑木林だ。その中を走るんだ。弾は当たりにくい」

「先生は？」

「すぐに、追いかける」

「でも」

「早くしろ、早くしてくれ」

高岸が、這《は》うような恰好で、斜面を登りはじめた。高岸の姿が雑木林の中に消えるのを見届けてから、私は走りはじめた。

耳のそばで、空気が弾けるような音がした。銃声は、そのあとだったような気がする。

私は足を止めた。

29 夏の空

金山とむかい合った。

金山は、肩で息をしていた。右手に握った拳銃が、夏の光を鈍く照り返し、まるで別の生き物のように見えた。私も、呼吸を整えた。不思議なほど、恐怖感はなかった。

「先公、てめえの腹を、穴だらけにしてやるぞ」

金山は、まだ喘ぎ続けている。

「散々、手間かけさせやがって」

「素手じゃ、なにもできないのか、おまえ。やっぱりやくざだな」

「悪態だけは、この前と同じじゃねえか。だけどおまえ、もうすぐ小便洩《も》らすぞ」

躰のどこかが、かっと熱くなった。踏み出そうとする自分を、なんとか抑えこんだ。ここで時間を稼げば、それだけ遠くへ高岸は逃げられる。

「早く小便洩らしてみな、おい」

「残念だったな。俺は、度胸を決めちまったみたいだ」

「すぐ、泣き出すさ」

金山が、二、三歩近づいてきた。私は、自分の立った場所を動かなかった。

「高岸のガキはどこだ？」

「どうする気だ？」

「ぶっ殺すさ。それで、むこうの連中への落とし前にする」

「鉄砲玉で使って、次には自分の指の代りの落とし前か。指がついてるのに、なんで惜しむんだ」

「指ぐらいじゃ、済まねえのさ。なんせ川中が、生死の境だ」

川中の芝居に、金山は完全に乗せられている。役者が違う、というやつだろう。

「あのガキの命《タマ》を落とし前に出して、あとは収めてくれる人がいるんでな。それで、美竜会は上げ潮よ」

「大河内か」

「よく知ってるじゃねえか。とにかく、高岸のガキだ。どこにいる。教えたら、てめえは足に一発ぐらいで済むぞ」

「死んだ」

「なんだと」

「前の高岸は、死んじまったさ。だから、おまえには殺せない」

「代りに、てめえが死ぬんだぞ」

「やってみろ」

金山の右手が、ピクリと動いた。私は身構えた。怕くはなかった。

金山が、にやりと笑う。

「てめえ、時間を稼ごうとしてやがるな。あのガキは、ひでえ面してたって話だ。川中のことだからな、刺されても、骨の二、三本は折っただろう。つまり、あのガキは動けずに、近くにいるってことだ」

「あいつは、かもしかみたいに元気さ」

「おまえをくたばらせてから、ゆっくり捜す」

金山の右手が動く前に、私は踏み出そうとした。叫び声。私も金山も、弾かれたようにそちらを見た。

高岸。斜面を駈け降りてくる。金山の右手がそちらに動きかけたのと、私が踏み出すのが同時だった。

躰がぶつかった。ナイフを、横に大きく薙《な》いでいた。拳銃が草むらに飛ぶのが見えた。

私の手にも、ナイフはなかった。私はそのまま金山にしがみつき、道を転がった。

途中で蹴られ、躰が離れた。

立つ。金山も立っていた。金山のシャツの胸のところが、一直線に横に裂け、血が滲《にじ》み出していた。深くはないようだ。

金山が、ズボンのポケットから、ロープを出した。それは夏の光を浴びて、死んだ白い蛇のように見えた。

風を切って飛んできたロープを、私はかわした。視界の端で、仰むけに倒れ、首だけ持ちあげている高岸の姿を捉《とら》えた。急斜面を駈け降りようとして、落ちたらしい。そこまで考える余裕が、私にはあった。

「くたばれ」

脇腹に食いこんできたロープを、私はとっさに摑んだ。両手で引き寄せ、思い切り足を飛ばした。金山の躰が、一瞬浮いたようになり、ロープから手ごたえがなくなった。

私は、手の中のロープを横に投げ捨てた。

むかい合う。お互いに素手だ。

見てろよ。高岸にむかって言ったつもりだが、声にはならなかったようだ。おまえと川中より、派手な殴り合いをして、こいつをぶちのめしてやる。

ぶつかった。なにかが飛んだ。サングラスのようだ。サングラスが、いままで私の躰についていたことの方が、不思議だった。

顎と腹に拳《こぶし》を食らった。私も、頭を金山の顔に叩きつけていた。躰が離れる。踏み出して拳を出したのは、私の方だった。

金山の顔が後ろにのけ反り、鼻から血が噴き出してきた。躰の中で、なにかが駈け回った。それは、荒々しいが、喜びに似ていた。叫んだ。肚《はら》の底から、雄叫《おたけ》びをあげた。

金山の拳。構わずに、私も拳を突きだした。

倒れたのは、金山の方だ。足を掬《すく》われた。倒れたところを殴りつけられたが、私も反射的に殴り返していた。飛びかかる。首を締めあげる。血で汚れた金山の顔に、血管が見知らぬ幼虫のように浮き出してきた。

蹴られていた。仰むけに倒れ、躰を回転させて起きあがろうとしたところを、また足で払われた。尻をついたまま、金山は足を飛ばしている。

私は、その足に飛びついた。もう一方の足で蹴りがきて、一メートルほど私は飛ばされた。

立った。

金山も立っていた。肩で息をしている。自分の呼吸が乱れているのかどうか、私にはよくわからなかった。ただ、躰の中では、激しくなにかが駈け回っている。雄叫びをあげている。

叫びながら、私は拳を金山の顔に叩きつけた。殴り返されても、構わなかった。見えているのは金山の顔だけで、私は渾身《こんしん》の力で拳を叩きこみ続けた。

不意に、金山の顔が消えた。

倒れていた。私ではなく、金山の方が倒れている。私は、金山の躰に馬乗りになった。首に拳を叩きこむ。下からも拳が返ってきた。金山の髪を左手で摑んだ。それから右の拳を、顔に叩きこんだ。四発、五発。途中で、数えている自分に気づいた。

髪を放す。両の拳で、金山の顔や首を滅多打ちにした。かすかな悲鳴が聞えたような気がした。なにもわからなくなった。

気づいた時、私は金山と折り重なるようにして倒れていた。

上体を起こす。金山は動かなかった。口から血を吐き、ぐったりとしている。胸板だけが、激しく上下していた。

私は草の上を這い、それから仰むけに倒れこんだ。

空が視界に飛びこんできた。

闘った。闘えた。大声で、それを叫びたい気分だった。声は出ない。息が苦しくて、気が遠くなりそうだ。

「先生」

遠い声。錯覚だろう、と私は思った。

「先生」

高岸の声だった。倒れていた高岸の姿を、私は思い出した。

聞えなかったようだ。私にも聞えなかった。

「大丈夫か」

「生きてるな」

「俺は、勝った。見てたか」

「はい」

私は首をあげ、何度か失敗しながら、ようやく上体を起こした。高岸は、同じ恰好で倒れたままだった。

「撃たれたのか？」

「違います。弾が飛んできたんで、落ちたんです。脇腹を、ひどく打ってしまって」

「苦しいか？」

「いえ、ただ動かすとひどく痛くて」

「待ってろ。いま、そばへ行ってやる」

私は、這って高岸に近づいていった。高岸は仰むけで、両腕を開いた恰好をしていた。

まず、晒《さらし》が巻かれたあたりを、指さきでなぞった。高岸の背骨が、ちょっと反った。

「痛いか？」

「ひどく」

「折れたところを、ぶっつけりゃ、そりゃ痛いだろう。案外、意気地がないな、おまえ。きのうの元気は、どうしたんだ」

「痛いものは、痛いですよ」

折れた肋骨が、肺に突き刺さっているわけではなさそうだった。

「起きろ。俺がやっつけた金山を見てみろ」

「そんな」

「おまえ、なんで飛び出してきた？」

「だって、先生が」

撃たれていた。高岸が飛び出してこなければ、私は確実に撃たれていただろう。つまり、高岸は私を庇《かば》ったということなのか。助けるつもりで、助けられたのか。いやだとは思わなかった。余計なことを、とも思わなかった。

借りがひとつ。なんとなく、そんなふうに思いこめる。それは、悪くない気分だった。

「俺、ひとりで逃げて、また卑怯者だと思いたくなかったんです」

「おまえは、卑怯者なんかじゃない。なんとなく、そう思うぜ」

「なんとなく、ですか」

高岸が笑いかけ、途中で顔を顰《しか》めた。

「笑うと、すごく痛いです。飛びあがりたいけど、それもできない」

「躰は、起こせるか？」

「やってみます。こんなとこに寝てても、仕方がないわけだし」

どこかで、銃声のようなものが聞えた。車のバックファイヤーかもしれない。

「俺が、頭を支えて持ちあげてやる。ゆっくりやるんだ」

高岸の後頭部に右手を、背中に左手を差しこんだ。

「先生」

「痛いか？」

「俺、嬉《うれ》しかったですよ。先生が、俺を逃がしてくれようとした時」

「逃げなかったくせに。教師の言うことは、聞くもんだぜ」

「学校の先生だと、俺は思ってません」

「今度、おまえの殴り合いの先生をしてやる。それまでに、肋骨を治しておけ」

腕に力を入れた。高岸が呻《うめ》く。それでも、起きようとしている。少しずつ、高岸の上体が持ちあがってきた。

上体が起きた。

高岸は、額に汗の粒を浮かべて、大きく息をついた。

「情けないやつだ。肋骨ぐらいで、人間が死ぬか」

「そうですよね」

高岸が、顔だけで笑った。

「足は、なんともないみたいです。歩けると思いますよ」

「当たり前だ。おまえを、おんぶなんかできるかよ」

「俺たち、なんとなく暢気ですね。殺されかけたってのに」

「抜けちまったんだ」

「ほんとに、そうです。俺も、そうですよ」

しばらくは、私も立ちあがれなかった。煙草を喫《す》いたいと思ったが、ポケットにはなかった。草を一本引きちぎり、それをくわえた。

「行きましょうよ、先生」

「ああ」

私は、気力をふりしぼって、腰をあげた。

前方に、男の姿が見えた。銃を構えている。危ないと言う前に、私は高岸を庇うように踏み出していた。

借りがひとつ。そう思った。銃声が聞えたような気がした。視界が回った。空が見えている。

なにが起きたのか、よくわからなかった。

躰の中を、なにかが走り回っている。耳が、やけに大きく自分の鼓動を聞いた。死ぬのか。なんとなく思った。馬鹿な。死ぬわけはない。なにかに躓《つまず》いて、倒れただけだろう。あんな殴り合いができた男が、死ぬわけはないのだ。

眼を閉じてみた。さまざまなことが、切れ切れに浮かんできた。庭で木刀を振っている親父。別れた女。中世海上交通史の論文。チューン・アップした、私のカローラ・レビン。昔、飼っていた猫。親父の誕生パーティで、ピアノを弾いた沢村明敏。おふくろの料理。黒板とチョーク。

面白いほど、次々といろんなものが浮かんでくる。

眼を開けようとした。たまらなく、眠いと思った。眠い？　俺は、死ぬのか。そんなことがあっていいのか。

眼を開けようとした。このまま、眼をつぶったまま、終りたくはない。私の生死が、ほとんど眼を開けられるかどうかに、かかっているような気がした。

眼を開けた。私は死なない。

「西尾」

下村の顔がそばにあった。坂井も、高岸もいる。三つの顔が私に覆い被さり、その真中に空があった。奇妙な感じがする。

「悪かった。一度追いつめたのに、逃げられた。バイクを使ってやがったんだ」

「もう、終ったのか？」

「ああ」

「どうしても、車を、捨てられなかった。あいつ、俺の躰だから」

「喋るな」

「ふん。俺は、金山に勝った」

「わかってる。高岸が事情を話してくれた。もうすぐ、救急車が来る」

事情を話しただと。そんなに、時間が経ったのか。そんなはずはない。眼を閉じていたのは、ほんの数秒だ。

「これから、面白くなる」

「面白いぜ。おまえの人生は、これから面白い」

「走った。はじめてだ」

「わかってる」

「なんとなく、なんて言うな、高岸」

「先生」

「できの悪い野郎なんだ、おまえは」

「これから、叩き直してやればいい。おまえが、ビシビシやるんだ」

躰の中で、なにかが破れたような気がした。一度小さく、そして二度目は大きく破れた。

「下村」

「ここにいるよ」

「俺は、死ぬのか？」

「死なない」

「死ぬんだろう？」

「どうしてだ？」

「そんな気がする。いま、死のうとしてるってな」

啜《すす》り泣きが、聞えた。高岸だ。

一端《いっぱし》の男が、泣くんじゃない。泣くのは、女に任せておけ。俺たちは、男だぜ。男を、やったんだ。

「下村」

「ここにいる」

「悪かった。坂井との賭け、負けだな」

「そうだ。おまえが高岸を東京に連れ戻さなきゃ、俺は負ける」

「勘弁しろよ、な」

なんとなく死んでいく。そうは思わなかった。それでも、なんとなく自分らしいのかもしれない、と思った。

夏の空、三人の顔。そうだ、夏だった。そう思った。
夏の空が、不意に暗くなった。

本書は平成五年三月に刊行された角川文庫を底本としました。

Haruki Bunko
ハルキ文庫

き 3-31

聖域《せいいき》 ブラディ・ドール⑨

著者 北方謙三《きたかたけんぞう》

2018年1月18日第一刷発行

発行者 角川春樹

発行所 株式会社角川春樹事務所
〒102-0074 東京都千代田区九段南2-1-30 イタリア文化会館

電話 03(3263)5247(編集)
03(3263)5881(営業)

印刷・製本 中央精版印刷株式会社

フォーマット・デザイン 芦澤泰偉
表紙イラストレーション 門坂 流

ISBN978-4-7584-4140-7 C0193 ©2018 Kenzô Kitakata Printed in Japan
http://www.kadokawaharuki.co.jp/[営業]
fanmail@kadokawaharuki.co.jp[編集] ご意見・ご感想をお寄せください。